KB125474

내 마음 안아주기

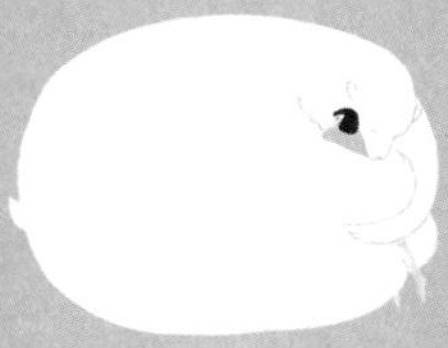

내 마음 안아주기

초판 1쇄 발행 2015년 12월 1일

지 은 이 김소희
발 행 인 권선복
편집주간 김정웅
디 자 인 김소영
전 자 책 신미경
마 케 팅 정희철
발 행 처 도서출판 행복에너지
출판등록 제315-2011-000035호
주 소 (157-010) 서울특별시 강서구 화곡로 232
전 화 0505-613-6133
팩 스 0303-0799-1560
홈페이지 www.happybook.or.kr
이 메 일 ksbdata@daum.net

값 15,000원

ISBN 979-11-5602-295-4 03810

내 마음 안아주기

김소희 지음

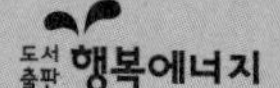

토닥토닥

프롤로그

토닥임은 내게 맡겨진 소명

어느 때인가부터, 우울증은 사회에서 당연한 하나의 현상처럼 여겨졌다.

"성인 8명 중 1명이 일상생활이 어려울 정도로 우울증을 겪는다고 합니다. 그중 여성의 비율이 2배라고 합니다."

언젠가 오전 뉴스에서 들었던 이런 이야기들이 요즘엔 하나도 놀랍지가 않다. 우울증에 대한 사전적 의미가 '고민, 무능, 비관, 염세, 따위에 사로잡혀서 명랑하지 않은 심리 상태'라고 한다. 명랑하지 않은 상태라구? 그래… 나도 인생의 어느 시점 우울증에 시달렸었던 것 같다. 그것도 아주 심하게 말이다. 그리고 지금 이 책을 손에 들고 책장을 넘기는 독자도 인생의 어느 순간 비슷한 느낌이 들었던 적이 있었을 거라 생각한다.

글쎄… 우울증의 시초는 상처에서 출발하는 것 같다. 누군가에게 상처를 입은 사람들도 있고, 워낙에 마음이 여려서 상처를 잘 받는 사람들도 있다. 시기적으로는 적지 않은 사람들이 어린 시절 중요한 때에 받은 상처들 때문에 힘들어 하는 것 같다. 그런 상처들이 치유되지 못해 곪고 곪아 나타나는 것이 '우울증'인 것이다.

누구나 삶의 뒤안길에서 상처를 한번쯤은 경험한다. 그리고 사람은 누구나 외롭다. 이런 차원에서 보자면, 누군가가 상처를 어루만져 준다는 것은 개인 내면의 성장과 안정에 있어 정말 중요한 문제라고 할 수 있다. 상처를 어루만져 주는 사람들의 부재… 이것은 오늘을 살아가는 사람들에게 삶이 메마르고 퍽퍽하다고 느끼게 하는 하나의 이유이다. 주변을 둘러보면, 조언하는 사람들은 많다. 지적하고, 고치라고 이야기하는 사람들… 하지만 누군가에게 존재하는 상처를 '토닥토닥' 해주는 사람은 많지 않다.

다소 여린 감성을 소유한 나에게 있어서도 삶의 고뇌나 갈등의 진행은 예외가 아니었다. 어린 시절 겪었던 남다른 스토리도 스스로를 힘들게 하는 내상의 원인이 되었다. '어찌하면 좋을까? 어떻게 세상을 살아야 할까?' 이런 저런 고민에 젖어 있던 내게 문득 든 생각 '그래, 나라도 나를 위로해야겠다. 나를 토닥이는 거야' 그렇게 시작된 스스로에 대한 '토닥토닥'의 어설픈 몸짓들… 그런데, 그 효과는 놀라울 만치 컸다. 그리고 지금의 나는 스스로를 '불행의 아이콘'이라고 부르던 상황을 극복하고 강사, 작가, 토크닥터로 살고 있다. 스스로 다짐했던 힐링과 케어는 결국 나 자신으로부터 시작되었다.

어린 시절, 나는 참 꿈 많은 아이였다. 핑크색을 좋아했고, 독서를 좋아했다. 꿈을 먹고 살던 그때, 인생도 그 꿈 같기만을 바랬다. 하지만 부모님의 불화, 어머니의 가출, 암투병, 폭력… 이런 일들로 삶의 조각들은 점점 어두운 잿빛으로 물들어 가고 있었다. '나는 불행을 몰고 다니는 아이일까?' 그렇게 떠오른 무서운 생각들. 자존감은 바닥을 치고 있었다.

성인이 되어서도 '거지 같은 내 인생'은 나아질 줄을 몰랐다. 삶은 막장 중의 막장이라고 할 수 있는 드라마를 그리고 있었다.

'죽고 싶다. 그래! 죽어야 할 것 같아….'

어려운 암 투병시절을 버텨온 나였기에 '생명의 소중함'을 몰랐던 것은 아니었지만, 숨 막힐 듯한 나락으로 떨어지고 있는 나의 삶을 그대로 방치하는 건 아니라는 생각이 들었다. 뭔가 각단을 내려야겠다고 생각한 것이다. 생의 마지막에 가서 어렵사리 희미하게 두 손가락으로 집어올린 가느다란 실오라기… 그건 자신에 대한 '토닥토닥'이었다.

"세상에 제일 불쌍한 사람이 누군지 아니? 넘어졌는데 아무도 일으켜줄 사람이 없는 사람이야.” 언젠가 보았던 드라마의 대사 속에서 끓어오르는 듯한 감정을 느꼈었다. “그래서! 뭐 어쩌라고?! 곁에 아무도 없는 사람은 그냥 그 자리에 앉아서 ‘난 불쌍한 사람이다. 세상에 아무도 없다.’ 하면서 울고 있으라는 거야?” 그렇게 치밀어 오르던 감정의 분노… 그 사이로 빼꼼히 얼굴을 내밀던 하나의 생각이 있었다. ‘어? 세상에 아무도 없는 게 아니잖아. 가장 소중한 내가 있잖아!’

그렇게 시작된 추스름은 결국 날 토닥여 주고, 일으켜 주고, 사랑해 주고, 격려하게 했다. 그리고 다른 누군가의 토닥임이나 격려보다 가장 강력하고 뜨겁게 나를 일어서도록 했다.

지금 생각해 보면, 어쩜 태어나기 전부터 신이 나에게 ‘토크닥터’라는 직업을 정해 준 것은 아닐까 하는 생각이 들기도 한다. 숨만 붙어 있던 나의 삶을 질기게 이어지도록, 모진 경험을 바탕으로 다른 사람을 더 잘 돕도록 특별히 하나님이 하사한 ‘소명’인지도 모른다.

난 많이 부족한 사람이다. 그치만 스스로에 대한 내면의 ‘토닥토닥’이 나를 살아있게 해 주었던 것처럼, 작은 목소리는 어쩌면 누군가에게도 예쁘게 빛나는 ‘선물’ 같은 그 무언가가 되어줄지 모른다는 생각을 한다. 내가 특별하다는 것이 아니라, 맡겨진 과분한 ‘소명’의 가치가 특별한 것이 될 수 있기를 바라는 것이다. 이 글을 읽고 있을 누군가에게 나의 속삭임을 보내 본다. 이 속삭임이 자신 안의 무언가와 싸우는 누군가에게 한 걸음을 옮기는 하나의 계기가 되어 줄 수 있다면, 나는 벅찬 가슴으로 행복해 할 것이다.

별이 가장 아름답게 빛날 때는 그 별이 별답게 빛날 때이다. 이제 어느 누구도 아닌 '나다운' 빛을 내야 할 때이다. '토닥임'은 그 빛을 오래도록 간직하도록 도울 것이다.

2015. 11

김소희

나도 꽤나 많은 불안을 머금고 자랐다. 책을 보며 불안을 이겼다. 책에 등장하는 인물들 중에는 나보다 훨씬 힘든 상황에 있는 사람들이 많았다. 그들이 불안을 이겨나가는 과정을 보며 그들을 흉내 내고 따라 했다. 어느새 다른 사람의 불안을 돕는 내가 되어 있었다.

김소희 작가의 글을 읽으며 참으로 많은 이들이 이 글을 통해 위로를 받고 희망을 품으며 용기를 갖게 되겠다는 확신이 들었다. 자신의 깊은 아픔을 토닥이며 어두움으로 빠지지 않고 끝없이 빛으로 향해 온 그녀의 뜨거운 삶에 박수를 보낸다.

이 책을 읽는 이들 또한 그녀처럼 다시 일어설 것이기에 그들에게도 미리 박수를 보낸다. 한 권의 책이 한 인생을 살릴 수 있음을 볼 수 있어 그 기쁨을 감출 길이 없다.

– 『DID로 세상을 이겨라』 작가, 한국인재인증센터 대표

송수용

우여곡절이라는 절에서 절치부심하며 바닥과 나락을 삶의 무대로 살아온 한 사람의 눈물겨운 이야기 속에 세상에서 가장 아름다운 나다움을 찾은 김소희 토닥닥터의 책은 그냥 책이 아니라 삶의 전부가 담긴 한 사람의 역사다.

그 속에서 그녀가 찾은 토닥임의 위로가 전하는 메시지는 그 자체가 감동이다.

힘든 사람들에게 힘을 주고, 절망적인 사람에게 희망을 전하는 진솔한 자기 고백이다. 역경을 뒤집어 경력으로 만들고 싶은 모든 사람들에게 추천하고 싶다.

–『유영만의 생각읽기』 저자, 지식생태학자, 한양대 교수

유영만

감동적이면서 마음을 흐뭇하게 하는 향기로운 이야기들로 가득한 책이었다. 매 에피소드들이 거듭되면서 나는 저자 김소희의 삶의 매력에 푹 빠지게 되었다.

그녀가 오늘날 유능한 강사로서 그리고 아름다운 저자가 되기까지 각고의 고통을 감내하면서 느꼈을 삶의 무게를 생각하니 마음이 미어지는 듯했다.

그녀의 토닥임에 빠져본 사람이라면 누구나 그녀에게 반할 거라는 생각이 든다. 위로를 필요로 하는 이 세대의 꼭 필요한 속삭임이라는 생각이 든다.

주변에서 직접 그녀를 보아 온 지인으로서 마음으로나마 깊은 감사와 감동의 박수를 보내본다.

– 『워커코드』 저자, 광운대 산업심리, 코칭심리학 전임교수과

탁진국

글을 읽는 동안, 나는 사람을 토닥이는 그녀만의 언어가 있다는 걸 알게 되었다.

이 이야기들에는 눈물이 배어있다. 하지만 이건 단순한 눈물이 아니다.

사람들을 향한 관심이고, 사랑이다. 이 책의 이야기들은 사람들에게 행복하고 소중한 메시지가 될 것이다. 필시 그러리라 확신한다. 나에게 그러하였듯이 말이다.

– 작가

한아타

사람이기에 외롭고, 사람이기에 다른 사람과의 '어울림'과 따스함이 깃든 '마음'이 필요하다.

마음을 따스하게 데워줄 수 있는 토크닥터 김소희 소장의 첫 책.

글로써 얻을 수 있는 '위로'와 '따스함'은 그녀이기에 가능하지 않을까?

바쁜 현대인들에게 작은 힐링을 줄 수 있는 힐링북이다.

지금 외롭고 힘들다면, 꼭 읽어보시길!

– 가수, 작가
김진향

차례

1. 토크닥터의 회상, 그리고…

2. 살아간다는 것과 성장한다는 것

3. 사랑해, 고마워, 잘했어, 잘될 거야

4. 아름다운 생각이 만드는 아름다운 삶

5. 토크닥터의 속삭임

6. 토닥토닥, 그래 그렇게 하는 거야

토닥

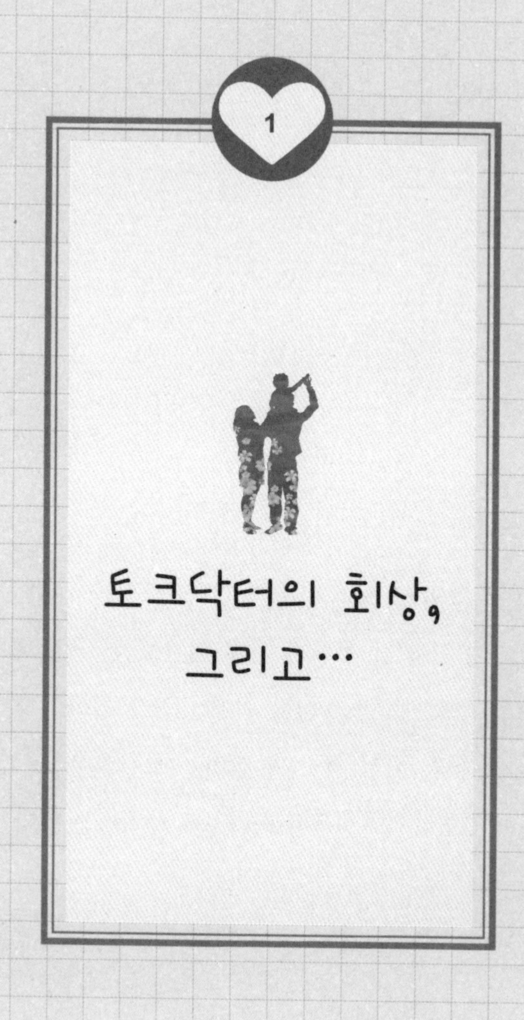

1

토크닥터의 회상, 그리고…

별이 가장 아름답게 빛날 때

요즘엔 밤하늘의 별 보기가 쉽지 않다. 도시를 휘감은 네온사인의 불빛들에 별빛이 잘 보이지 않게 되기도 했지만, 공기가 탁해진 탓도 있다. 웬만큼 밝은 별들 외에는 작은 별들은 희미한 빛이 사라진 지 오래다. 어릴 적 시골 밤하늘에는 쏟아질 듯 반짝이는 별들이 많이 보였다. 그 별들을 바라보며 생각하곤 했다.

'난 크면 저기 저 별처럼 살 테야!'

구체적이진 않았지만, 나의 삶은 '저기 저' 별들처럼 빛나는 반짝이는 삶이 되리라고 생각했었다. 뭐… 삶을 살다 보니, 별처럼 살긴커녕 맘먹은 대로 하루하루를 살기도 참 버겁다는 걸 느낀다.

별이 가장 아름답게 빛날 때는 언제일까? 사실 낮 시간에는 아무리 눈을 크게 떠도 별이 보이질 않는다. 해가 지고 어둠이 짙게 깔리면 띄엄띄엄 그 반짝임이 드러난다. 어쩌면 별처럼 살고자 했던 나의 삶에도 기다림과 때가 필요했는지 모른다. '별 같은' 삶을 그렸다고 해서 내가 다른 사람들 사이에서 도드라지길 원했다는 건 아니다. 별에서 느낄 수 있는 눈부시지 않은 은은함과 따뜻함이 나의 것이 되길 바라고 있었다.

과일도 달콤함에 한껏 물이 오르기 위해 시간이 필요하듯, 모든 우리의 인생이 그런 것 같다. '기다림'이 있어야 하는 것이다. 하지만 단지 기다림만으로 삶이 즐겁고 행복해질 수 있다면 얼마나 좋을까? 실상은 우리에게 '기다림' 이상의 것을 요구하곤 한다. 별이 가장 환하게 빛을 발할 때는 바로 어두움이 가장 깊을 때인 것처럼 삶은 때론 우리에게 시련과 쓰라림을 요구하기도 한다. 눈물과 가슴시림의 반복은 스스로를 지치게 하고 멍들게 한다.

인생을 살면서 어두운 밤을 헤매지 않은 이가 몇이나 되겠는가? 상처받지 않은 이가 몇이나 되겠는가? 외로움에 눈물을 흘리지 않은 이가 몇이나 되겠는가? 인생의 가장 어두운 시련의 장소가 바로 별로써 도약할 수 있는 '전환의 장소'일 것이다. 이 시기를 거쳐 사람은 누구나 아름답게 빛나는 '별'이 된다. 어둠을 견디지 못해 빛을 사그라트린다면, 우린 별이 될 수 없다.

별로서 가장 아름답기 위해, 별은 별답게 빛나야 한다. 즉, 어느 누구도 아닌 '나다운 삶'을 사는 것이 무엇보다 중요하다. 만약 신이 존재한다면, 그리고 인생의 어느 순간 신을 만나게 된다면 신은 나에게 왜 성경에 나오는 '모세'처럼 살지 않았냐고 하진 않을 것이다. '왜 너답게 살지 않았나…' '왜 자신의 가치에 충실한 삶을 살지 않았나…' 나를 종용할 것이다. 그러니 '나답게' 산다는 것은 삶에 있어 무엇보다 중요한 요소라고 할 수 있다.

별이 어둠 속에서 가장 아름답게 빛나고 별다울 때 가장 아름다울 수 있듯이 우리의 삶은 시련 가운데서도 포기하지 않는 인내와 꿋꿋함 속에서 가장 아름답게 빛날 수 있다. 그리고 무엇보다 스스로에 대한 '나다움'을 발견하는 자기 사랑이 필요하다. 우리 모두의 삶은 생의 가장 아름다운 순간 속에서 반짝일 때를 기다리고 있다. 반짝임은 우리 삶의 필연적 과정이다.

소희의 생각

어릴 적, 막연히 좋아했던 TV 속 스타들은 내 마음을 두근거리게 했다. 그들이 부르는 노래, 그들의 미소는 '언젠간 나도 그렇게 되어야지.' 하는 생각을 가지게 했다. 하지만 어른이 된 지금은 그런 '스타'가 없어도 마음이 설렌다. 나를 둘러싼 따뜻한 격려와 미래에 대한 기대들 때문이다. 가슴에 손바닥을 올리고 있으면, 그런 설렘의 기운이 느껴진다. 그 설렘의 기운이 나를 살아있게 한다.

빨간 모자와 이별하기

가을바람이 살랑 부는 맑은 날이었다. 공기도 상쾌하고 기분도 좋았다. 그날은 드디어 빨간 모자에서 벗어나 가발을 사러 가는 날이었다. 한동안 머리에 빨간 모자를 쓰고 지내던 시절이 있었다. 패션 센스로 외출할 때 쓰던 모자를 이야기하는 거면 좋겠지만, 암 투병으로 다 빠진 머리카락 대신 나의 민머리를 덮어 준 게 바로 그 빨간 모자였다. 정들기도 했고, 짠한 느낌이 들기도 했지만… 한편으로는 낮이고 밤이고 지겹게 나와 붙어있던 녀석이 바로 그 모자였다.

요즘엔 패션 가발도 많이 있다. 하지만 그땐 가발이 참 생소했고 비쌌다. 그래서 감히 아빠에게 이전엔 가발을 사달라고 이야기할 수 없었다. 하지만 얼마 안 있으면 학교도 다시 다녀야 하고 삶의 다른 시작을 위해 준비를 해야 했다. 아빠의 가발을 사주시겠다는 말씀에 어찌나 기분이 좋던지… 완전히 몸이 다 회복이 된 듯 가벼워짐을 느꼈다. 그 '빨강 꼬마'를 벗어나 자연스런 헤어로 꾸밀 수 있다는 것만으로도 나는 정말 기뻤다. 창문을 열고 가을 하늘을 바라보며 콧노래가 절로 나왔다.

아빠와 난 한참을 달려 시내에 도착했다. 어느새, 차는 도심 한가운데 들어와 있었다. 거긴 패션의 거리 동대문이었다! 거리에는 행복해 보이는 젊은 남녀들이 발걸음을 옮기고 있었다. 활기차고 에너지가 넘쳐 보였다. 부푼 기분 탓이었을까? 빨간 모자를 쓴 내가 조금은 당당하게 느껴졌다. 이제 조금 있으면 나에게도 머리카락이라는 게 생기겠구나 생각하니 기분이 무척 좋았다.

그런데… 그런데… 설레는 마음으로 차에서 내리려는데… 갑작스러운 상황이 생기고 말았다. 너무 당황스러워 차에서 내리자마자 '얼음'이 될 수밖에 없었다. 문제는, 좀 전까지 얼굴을 간지럽히며 나를 행복하게 했던 바람이었다. 모처럼 만의 즐거움을 시기했던 걸까? 빨간 모자가 바람에 벗겨져 바닥에 나뒹굴고 있었다! 나의 민머리가 그대로 사람들에게 드러났다. 순간 시간이 정지된 것 같으면서 죽고 싶을 만큼 참담한 느낌이 들었다.

사람들은 무심히 나를 바라보았겠지만, 너무나 창피해서 그 시선이 '반지의 제왕' 골룸을 보는 것같이 느껴졌다. 감수성 예민하던

17살 소녀는 그 자리에 주저앉아 버렸다. 그리고 민망함에 얼굴을 묻고 울기 시작했다. 두 손으로 감싸 쥔 머리, 그리고 하얀 얼굴은 어쩔 줄 몰라 하며 흐느끼기 시작했다. 바람이 정말 미웠다.

아빠는 화가 많이 나 있으셨다. 한참을 주저앉아 일어날 줄 모르고 있는 내가 답답하게 느껴지신 것 같았다.

"흑. 흑. 흑"

"너 도대체 왜 그러는 거야!! 빨리 일어나! 모자 날아간 게 무슨 큰일이라고 이렇게 오두방정이야! 어서 일어나지 못해!!"

사실, 지나고 보니 사람들은 아무 상관없었다. 그냥 무심히 거리를 활보하고 있을 뿐이었다. 하지만 그때의 나는 상관있었다. 부끄러워 도저히 얼굴을 들 수가 없었다. 할 수만 있다면 바닥에 구멍이라도 뚫고 들어가고 싶었다. 아빠는 10대의 딸이 반항하며 고집을 피운다고 생각하셨던 것 같다.

"너 어서 차에 타! 오늘 가발이고 뭐고 없어. 집에 가서 보자!"

결국… 이날 가발을 사지 못했다. 대신 가슴에 아주 커다란 멍이 들었다. 차라리 그게 낫다고 생각했다. 얼굴을 들고 다시 가발을 사러 가기엔 너무나 창피했다. 아빠는 화가 난 듯 빠르게 운전을 하셨다. 슬펐고, 두렵고, 속상했다. 아빠는 계속 '그만 울라'며 소리를 치셨다. 그리고 난 계속 울었다. 더 이상 상쾌한 바람도, 지나가던 행복한 사람들도 다 소용없었다. 외로웠다. 세상에 혼자 덩그러니 그렇게 버려진 기분이었다.

집에 도착하자 다른 일이 기다리고 있었다. 한바탕 전쟁이 벌어질 참이었다. 아빠는 커다란 몽둥이를 찾으셨다. 그리고 빨간 모자를 눌러 쓴 난 맨발로 동네 골목으로 도망쳤다. 어둑어둑 해가 저물어 가고 있었다. 얼마나 울었을까, 저 멀리 달빛이 보였다. 달빛에 겹쳐진 엄마 얼굴… 엄마가 너무 보고 싶었다. 그리고 엄마를 이해하게 되었다. 얼마나 힘들었으면 나와 동생을 두고 나가셨을까? 두 눈 가득 눈물이 고였다. 혼자 중얼거리며 흐느꼈다. "엄마, 보고 싶어. 나 너무 힘들어 엄마… 엄마… 엄마…."

지금도 TV에서 '엄마'란 단어가 나오면 여전히 눈물이 난다. 글을 쓰는 이 순간도 시리도록 엄마가 그립다. 그냥 누군가 이렇게 말해 주었다면 가슴에 파란 자국이 남지는 않았을 거다. '많이 힘들었구나. 괜찮아. 내가 있잖니. 견뎌 보자.' 기적을 바란 게 아니었다. 암을 낫게 해달라는 것도 아니었다. 그저 편이 되어주고, 공감해 주고, 이해해 주는 그런 사람이 있다면 나는 그걸로 족했다. 따뜻한 말 한마디와 포옹이 정말 필요했다.

골목에 쭈그리고 앉아있는데, 그때 어디선가 작은 목소리가 들렸다. "언니… 언니… 언니." 어린 동생이었다. 그 어린 것이 내 손을 잡으며 말했다. "언니… 많이 아퍼?"

가슴 속에서 무언가 울컥하는 느낌이 들었다. 어린 동생의 품에 안겨 목 놓아 울었다. 아빠에 대한 원망 섞인 생각이 들면서 아빠를 용서하지 않겠노라 다짐했다. 그래도 내겐 동생이 있었다. 그날 동생의 고사리 같은 손의 따스함이 아직도 잊혀지질 않는다.

가끔, 어릴 적 이 이야기를 강연 때 사용하기도 한다. 한참 전 일인데도, 때마다 눈물이 난다. 사람들을 위로하며 그들에게 마음 안의 응어리를 풀어내는 건, 세상의 아픈 모든 '어린 소희'에게 조금이나마 힘을 주고 싶어서인지도 모르겠다. 강연 활동과 상담 활동을 통해 나는 '사람'을 공부한다. 그리고 내면의 깨달음이 생기면서 아빠를 이해하게 되었다. 어쩜 아빠는 그때 너무도 아팠던 거 같다. 당시 상황들이 아빠에게 너무나 큰 압박감으로 삶을 짓눌렀을 거라고 생각된다. 자신이 죽을 듯 아플 때 다른 사람의 아픔을 헤아릴 수 있을까? 아마 어려울 거다.

어린 딸에게 내리쳤던 몽둥이… 사실 아빠는 그 몽둥이를 자신에게 내리치고 싶었을지 모른다. 어린 딸에게 소리쳤던 그 고함도 실은 자신에게 외친 소리였을 것이다. 아픈 딸에게 아무것도 해줄 수 없는 상처만 주는 그런 아빠인 게 너무도 화가 나셨을 거다. 얼마 전까지만 해도, 아빠와 함께하는 시간이 어색했다. 하지만 근래 들어 아빠와 너무나 편안하고 정다운 사이가 되었다. 우린 이제 안다. 서로 사랑하고 있으며, 그때의 서로를 용서했음을.

강의 일을 시작하고 얼마 안 되어 아빠에게 문자가 한 통 왔었다. "소희야. 너에게 존경받는 아빠가 되지 못해 미안하다.♥♥♥" 이 하트 3개의 의미를 나는 안다. 이 문자를 받고 흘린 눈물은 어릴 적 흘린 눈물과는 분명 다른 눈물이었다.

♡ 소희의 생각 ♡

마음이 건강한 사람만이 자신의 감정도, 다른 사람의 감정도 이해하고 받아들일 수 있다. 자신이 느끼는 감정을 받아들여야 한다. 슬픔, 우울, 분노, 미움… 부정적인 감정을 느끼는 건 잘못이 아니다. 그 부정적인 감정을 '어떻게 표현하는가'가 중요하다. 마음을 들여다보는 훈련이 필요하다. 자신의 감정을 잘 알지 못하면 다른 사람을 아프게 할 수 있기 때문이다.

오랜 기다림, 그리고 만난 사무치는 그리움

"따르르르릉~"

어느 날 울린 전화벨, 그리고 전화기 너머로 들리는 나직한 음성에 나는 털썩 주저앉을 수밖에 없었다. 떨리는 목소리는 자신을 '엄마의 친구'라고 소개했다. 엄마의 친구라고? 엄마… 십수 년을 만날 수 없었던 엄마… 그런데 사무치게 그리웠던 엄마의 이야기를 이제야 듣게 된 것이다. "너희 엄마가 많이 아프다. 그리고 엄마가 너를 많이 보고 싶어 하셔." 그렇게나 보고팠던 엄마의 소식을 이제야 듣게 되었는데, 제일 먼저 듣게 된 소식이 아프다는 이야기라니… 나는 그 자리에서 얼어붙어 엉엉 울 수밖에 없었다. 서러움은 몸을 울리는 메아리가 되어 나를 아프게 흔들고 있었다.

차가운 병원 복도, 음침한 냄새… 나를 기다리고 있었던 병원은 복도에서부터 힘겹게 살아갈 나의 미래를 보여주고 있는 듯 했다. 아주 조용히 병실 문을 열고 힘겹게 숨을 몰아쉬고 있는 엄마를 만났다. 이미 엄마는 그곳에서 치료할 수 있는 선을 떠난 상태였다. 앙상한 얼굴에 핏기 없는 창백함은 나를 더 슬프게 했다. 많은 말을 하지 않았다. 오랜 침묵을 깨고 어렵게 만난 두 개의 그리움은 서로를 부둥켜안고 오래도록 오열했다.

엄마는 이후에 서울 명동에 있는 백병원에 입원했고, 얼마 뒤 수술을 받았다. 그때부터 엄마는 제대로 먹지를 못했다. 별다른 호전이 없었다. 수술을 했는데도 병원에서는 삼 개월밖에 못 산다고 했다. 당시 엄마는 불교 신자셨는데 그 시절 신앙심이 깊었던 나는 엄마에게 크리스천으로 종교를 바꾸면 어떠냐고 조심스레 이야기를 했다. “엄마, 하나님을 믿으면 천국에 갈 수 있어요. 우리 천국에서 만날 수도 있잖아요?” 엄마는 빙그레 웃으셨다. “나는 하나님을 믿지 않지만 그분이 계신 것 같긴 하구나. 엄마도 없이, 그 어려운 환경에서 네가 이렇게 예쁘게 잘 자란 것을 보니 하나님이 분명히 계신 것 같어.” 그리고는 내 부탁대로 교회에 다니겠다고 하셨다.

암 판정이 나고, 엄마가 삼 개월밖에 남지 않았다는 이야기를 들었을 때 온몸이 후들후들 떨렸다. 어떻게 만난 엄만데, 이렇게 놓칠 수는 없었다. 아직 어리던 나는 어찌할 바를 몰라 내가 다니는 교회 목사님께 전화를 걸어 사정 이야기하며 펑펑 울었다. 엄마는 병명은 알았지만 3개월 시한부라는 건 알지 못했다. 나는 이 사실을 어떻게 엄마에게 전해야 할지 몰랐다. 목사님은 엄마를 위해 기도하겠다고 하셨고, 병문안도 오셔서 함께 기도도 해 주셨다. 목사님은 엄마에게 이런 말씀을 하셨다. "자매님 이제 행복하게, 앞으로 남은 생을 행복하게 살려면 용서하셔야 합니다. 자매님을 힘들게 했던 남편분도 말이죠." 하지만 엄마는 처음엔 아빠를 용서할 수 없다고 했다.

사실, 엄마와 아빠는 정말 사랑하셨다. 어릴 적 아빠가 엄마를 정말 사랑했다며 눈물 흘리시는 걸 본 기억이 난다. 하지만 아빠는 그 사랑을 건강하게 표현하는 방법을 모르셨던 것 같다. 결국 엄마는 아빠와의 이별을 결정하셨다. 그런 엄마에게 목사님은 엄마가 느끼기에 자신을 평생 힘들게 했던 아빠를 용서하라고 말씀하고 계신 것이었다. 용서는 다른 누구를 위한 것이 아니라 자신을 위한 것이니 용서하실 수 있을 때 용서하라고 하셨다. 거기 있던 사람들은 모두 한바탕 울음바다가 되었다.

그때부터 엄마는 교회를 다니기로 결정하셨다. 그리고 나 역시 모든 걸 내려놓고 본격적으로 엄마 병간호를 시작했다. 엄마가 몸이 불편하셔서 이동 중에는 휠체어를 이용해야 했다. 엄마는 도움이 절실히 필요한 사람이었다. 병원에서 만난 사람들은 나보다 엄마가 더 미인이라고 칭찬을 했다. 병간호를 하는 동안, 그 말이 그렇게 좋을 수가 없었다. 엄마가 병이 나을지도 모른다는 생각에 행복한 느낌이 들었던 것 같다.

소희의 생각

때때로 우린 그리움과 마주한다. 아직 함께 있을 때, 그 그리움을 손으로 쓰다듬을 수 있을 때 할 수 있는 한 온전히 사랑해야 한다. 결국 만나게 될 상황이 '상실의 아픔'이 될지라도, 사랑은 그 모든 것을 아름다운 추억으로 간직하게 한다. 우리의 삶은 아름다워야 한다. 반드시 그래야 한다. 그리고 그렇게 되기 위해선 사랑하기를 멈추어서는 안 된다. 지금 곁에 있는 당신의 그 사람에게 사랑한다고 한번 꼭 안아 주는 것 또한 토닥임의 몸짓일 것이다.

용서,
그리고 다시
찾아온 이별

아빠를 병원으로 불렀다. 아빠가 병원으로 오시기란 그리 쉽지 않았을 것이다. 하지만 아빠는 용기를 내셨다. 그리고 엄마께 용서를 구하셨다. 이미 떨어져 산 지가 몇십 년이 됐지만 아빠는 과오에 대해 사죄를 했고, '천국에서 만나자'는 말을 남겼다. 병실은 또다시 눈물바다가 됐다. 엄마는 가망이 없어 결국 항암치료는 몇 번 받지도 못했다. 엄마에게도 정리할 시간을 줘야 한다는 걸 인정할 수밖에 없었다. 마음을 다잡아 엄마에게 주어진 시간에 대해 이야기하며 나는 또다시 울었다. 엄마는 가타부타 말없이 고개를 끄덕이며 사실을 받아들였다. 엄마 눈이 무지 컸는데, 오히려 그 커다란 눈에 들어찬 공허함 때문에 마음이 더 아팠다.

병원에서는 더 이상 해줄 치료가 없으니 나가도 좋다 했다. 결국 우린 외할머니 댁으로 갔다. 엄마의 병간호는 그곳에서도 이어졌다. 병원에서 포기한 상태였지만, 그렇다고 희망의 끈을 놓을 순 없었다. 나의 손은 더 분주해지고 간절해졌다. 그러다 문득, 이전에 내가 아팠던 때 기도의 힘으로 나았던 기억이 떠올랐다. 손발 놓고 가만있을 수 없어 지푸라기라도 잡는 심정으로 기도원으로 엄마를 모셨다. 경기도 파주에 있는 오산리 기도원이었다. 엄마는 여전히 병마로 힘들어했지만, 차츰 마음의 평안을 찾아가는 것 같았다.

한편으론, 종교가 있다는 건 절망에 빠진 이들에게 굉장한 힘이 되는 것 같다. 일 년을 살든, 백 년을 살든… 희망 없이 산다는 것은 삶을 너무나 힘겹게 한다. 엄마와 나는 그렇게 서로의 희망을 마음에 심고 있었다. 우리에게 존재했던 그 희망으로 엄마는 6개월 넘게 사셨다. 아마 그 희망이 없었더라면 우리 모녀는 그 힘든 기간을 버틸 수 없었을 것이다. 괜찮아질 수 있다는 한줄기 끈을 잡고 있었기에, 엄마는 먹고 토하더라도 먹었고, 몸이 괜찮은 날에는 기도를 하러 가곤 했다.

이후, 기도원보다는 지내기 편한 집으로 엄마를 모셨다. 그 사이 엄마 병세가 더 나빠졌는데, 갑자기 쓰러지셔서 극심한 통증을 토로하셨다. 급하게 병원으로 갔지만 병원에서는 더 이상 해줄 게 없다는 말뿐이었다. 그냥 집으로 돌아올 수밖에 없다는 사실이 그렇게나 허무할 수가 없었다. 엄마가 내 무릎을 베고 누웠던 기억이 선하다. 눈물을 흘렸던 나에 비해, 오히려 덤덤해하는 엄마를 위해 해줄 것이 정말 없었다. 죽음을 앞두고 있다는 게 얼마나 무서운 일일까. 얼마나 두려울까. 힘없는 몸을 늘어뜨리며 내게 기대어 있던 엄마는 내 눈물을 닦아 주곤 하셨다.

엄마의 수척해져가는 모습을 보고 나는 다시 다른 기도원으로 엄마를 모셨다. 그 시기쯤 엄마는 몸을 제대로 가누지 못할 만큼 건강이 악화되었다. 온몸은 앙상해졌고 손가락도 움직이지 못했다. 누군가는 왜 그리 기도만 하러 다녔냐고 할지도 모른다. 하지만 그 당시 나에겐 그것밖에 달리할 수 있는 것이 없었다. 이전 시간, 내가 암 투병을 할 때 나를 힘 있게 붙들어 준 것도 기도였고… 병원에서조차 내쳐진 엄마를 위해서 나의 간절함을 표현할 수 있었던 것도 기도밖에 없었다. 그만큼 나는 연약한 존재였고, 희망을 붙들고 싶은 존재였다. 아무것도 하지 않고 가만히 있을 수가 없었다.

굳이 종교적인 얘기를 하려는 건 아니지만, 성경을 보면 다윗과 밧세바 사이에 태어난 첫째 아들이 죽는 내용이 나온다. 그때 다윗이 금식을 했던 것을 떠올렸고, 나 역시 그런 간절함을 가져야겠다는 생각을 했다. 내가 할 수 있는 건 오직 기도, 기도, 기도였다. 그치만 너무 야속하게도 엄마의 몸은 급속히 사그러들고 있었다. 나중엔 어린 내게 존댓말을 하며 도와달랄 만큼 정신마저 혼미해졌다. 하지만 포기할 수 없었다. 설사 엄마가 하늘나라로 가신다고 해도 난 최선을 다해야 했다. 어쩜 그 최선은 엄마를 위한 것이 아니라 나를 위한 몸부림이었는지도 모른다

엄마는 평생을 아름다운 미모답지 못하게 공허하게 살았다. 여자로서의 배려와 사랑 대신 배신과 폭행으로 엄마의 삶은 그렇게 아팠다. 그런데 그런 엄마가 행복할 틈도 없이 하늘로 간다는 게 내 가슴을 후벼 팠다. “하나님, 엄마는 평생을 불행하게 살았고, 단 한 번도 행복하게 산 적이 없어요. 그러니 엄마를 살려 주세요. 하느님은 살려주실 수 있지 않나요?” 떼를 쓰는 것처럼 하나님에게 매달리기를 일주일 넘게 했다. 그치만 엄마 상태는 더 악화되어 결국 할머니 댁으로 거처를 옮겼다. 그때가 내 나이 스물한 살 때였다. 할머니 댁이 인천이었는데, 주말에는 서울에 있는 교회로 기도를 다녔다. 그런데 하필 내가 없었던 그 시간에 엄마가 돌아가시고 말았다. 임종을 보지 못했던 나는 전화를 받고 주저앉아 오열했다. 정말로 엄마의 마지막을 함께하고 싶었다. 하지만 나에겐 이 작은 소망도 이루어지지 않는 건가? 원망 섞인 마음마저 들었다.

장례식이 있고나서 관이 나갈 때까지, 이상하게도 눈물이 나지 않았다. 멍한 느낌이 들었다. 엄마가 떠나시는 날 하늘에선 비가 왔다. 학생이라 엄마 곁에 오래 있지 못했던 동생은 땅속으로 들어가는 엄마를 보며 “엄마 떠나지 마!”라고 말하며 오열했다. 동생이 오열하는 모습을 보았는데, 그 이후 기억이 없다. 그저 내 얼

굴로 떨어지는 빗방울과 하늘이 보였다. 눈물도, 슬픔도 느껴지지 않았다. 쓰러져서 앰뷸런스에 실려 왔다고 한다. 정신을 차리고 집에 돌아와서도 눈물은 나지 않았다. 그저 멍하고 답답한 가슴이 엄마를 붙잡고 있었다.

소희의 생각

삶이 고통으로 점철되는 그 순간에도 언제나 희망은 존재한다. 어느 순간 희망이 우리를 저버릴지 몰라도, 우리를 계속 살아 있게 하는 것 역시 희망이다. 우리는 그 희망을 붙들고 매일을 살아간다. 희망은 우리의 존재 이유다. 그 희망이 엄마와 날 버티게 했던 에너지였다.

위로부터의 토닥임, 위로

일주일 뒤 교회에 혼자 앉아있는데, 폭풍 같은 눈물이 쏟아졌다. 어린 마음에 엄마를 위해 좀 더 열심히 기도했다면 살지 않았을까 하는 자책감이 너무 컸다. 게다가 엄마 임종을 지키지 못했다는 미안함 때문에 나는 매우 의기소침해 있었다. 어쩌면 엄마의 관을 보며 눈물이 나지 않았던 건 바로 그런 정신적 압박감 때문이었던 것 같다. 사람이 정말 아프고 슬플 땐 오히려 감정을 느낄 수 없다. 감정이 없는 상태가 가장 아픈 것이다. 그러던 것이 일주일 뒤 교회에서 일순간에 터져 버렸다. 답답한 가슴을 쥐어 잡고 홀로 교회에 앉아 있었다. 갑자가 어디선가 음성이 들렸다. "소희야 괜찮아. 너는 최선을 다했어. 엄마는 좋은 곳에 갔으니 이제 그만 아파해도 돼. 네가 얼마나 힘들었는지 다 알고 있어. 괜찮아."

그때 깨달음이 왔었던 것 같다. 눈물이 나오지 않아서 먹먹하고 숨을 쉴 수 없을 만큼 너무 힘들었던 이유를…. 음성이 들리고 펑펑 울고 나서야 응어리진 것이 풀어져 버렸다. 그렇게 엄마를 보내고 5년 정도를 힘들게 보냈다. 지금도 엄마 생각에 가끔 울곤 한다. 왜 나는 엄마와 함께하지 못하고, 엄마의 마지막 모습은 그렇게나 고통스러운 모습이어야 했을까 하는 생각에 알 수 없는 약간의 원망이 느껴지기도 했다. 하지만 간병을 하면서의 그 기억조차 없었다면 어땠을까? 엄마와의 아련한 추억들은 거의 아무것도 없었을 것이다. 지금은 너무나 아픈 추억이 되었지만 매일 그 기억을 떠올리며 감사한다.

나에게 있어 '엄마와의 시간'은 '힘이 되는 슬픔' 같은 것이다. 슬픔이 힘이 된다니 좀 아이러니일 수도 있지만 나는 그 기억들을 추억 속에 간직하며 매일을 힘 있게 살아가고 있다. 지금도 엄마와 함께하면 얼마나 좋을까 생각하곤 한다. 나는 엄마와 많은 부분이 닮아 있다. 그리고 엄마의 눈을 통해서 보았던 공허가 내게도 있음을 느끼곤 한다. 하지만 나는 엄마를 많이 닮아 행복한 딸이라고 생각한다. 엄마는 그렇게 늘 나와 함께하고 있다. 엄마와 함께할 수 있어서 참 행복했다.

태어나서 엄마를 잃어버리고… 엄마와 다시 만나 함께한 시간은 고작 1년밖에 되지 않는다. 엄마와 맛있는 걸 먹으러 간 기억도 없다. 엄마의 웃음소리도 잘 기억이 나지 않는다. 엄마에 대한 기억 속에 존재하는 행복은 다른 사람들이 '행복'이라고 부르는 그것들과는 많이 다른 모습이다. 하지만 행복은 언제나 같은 모습으로 존재하는 것은 아니라고 생각한다. 나에게 있어 엄마는 '존재 자체'가 행복이었고 즐거움이었다. '눈물 젖은 행복'은 그렇게 나의 마음속에 아련히 존재한다.

소희의 생각

행복의 본질은 '성취'하는 데 있지 않고, '발견'하는 데 있다. 타는 듯한 고통 속에서도 언제나 행복의 이유들은 존재한다. 눈물이 행복의 이유일 수 있는 이유는, 우리는 주변의 소중한 것들로 인해 눈물을 흘리기 때문이다. 소중한 것들이 나와 함께했다는 그 사실만으로도 충분히 행복할 수 있다. 추억은 언제나 남아 있으면서 우리를 웃게 하거나 눈물짓게 한다. 그러니 추억이 되었다고 너무 슬퍼하지 않아도 된다. 삶이 아름다울 수 있는 이유는 바로 그 추억이 우리와 함께하기 때문이다. 행복은 멀리 있는 것이 아니라, 추억 속에 그리고 가까이에 있는 소중한 것들 속에 깃들어 있다. 그렇게 우린 오늘도 행복하다.

단 한 사람은 때때마다 항상 있었다

그렇게 슬프고 힘든 시절이 나와 함께했지만, 언제나 누군가가 있었다는 생각이 든다. 힘 나게 하는 사람, 위로가 되어주는 사람, 절실한 친구가 되어주었던 사람, 나를 그윽한 눈빛으로 지켜주었던 사람은 언제나 존재했다. 물론 누군가 한 사람을 가리켜서 하는 말은 아니다. 특정한 '누군가'가 아니라 나를 버티게 해준 사람은 언제나 존재했다는 의미이다. 대부분 어릴 때는 부모님이 아이들에게 큰 역할을 하곤 한다. 마약중독자나 형편 없는 부모에게도 잘 성장한 아이들이 있는 경우가 있다. 어떻게 그럴 수가 있었을까? 알고 보니, 그들을 붙들어준 '꼭 한 사람'이 있었다는 거다.

자신을 믿어주는 그 사람 때문에 우린 삶의 고비마다 정신을 차리게 된다. 절망 대신 희망을 선택하고 끝없이 앞으로 나아간다.

내게도 그랬다. 내게 그런 사람이 되었던 분 중 한 명은 '윤희'라는 이름을 가진 언니였다. 그 언니도 나도 술꾼하고는 거리가 멀지만, 우습게도 그 언니를 처음 알게 된 곳은 한 칵테일 바에서였다. 늦은 저녁 시간이었는데, 우연한 만남이었지만 우린 통하는 점이 많았다. 당시 나는 유치원에서 영어를 가르쳤고, 언니는 어린이집 원감으로 일하고 있었다. 그러면서도 여러 심리학, 특히 색채 심리학과 성격유형 심리학에 조예가 깊었다.

바텐더를 앞에 두고 만난 언니는 빨간색 니트를 입고 있었다. 단발머리에 안경을 썼는데 키는 크지 않았지만, 단단하고 탄탄한 느낌이 드는 사람이라는 생각이 들었다. 언니는 내게 어떤 도형이나 색을 좋아하는지 물었고, 나는 동그라미와 핑크색이 좋다고 했다. 그러자 현재 내가 사랑을 갈구하고 있다고 이야기를 하는 거였다. '어맛! 어떻게 알았지?' 그렇게 생각하는 동안 언니에게서 남들과는 다른 매력을 느꼈다. 동시에 언니가 하는 일들이 재밌을 것 같다는 생각이 들었다.

처음엔 그냥 평범한 친구 같은 사이었다. 개인적으로는 내가 사교적으로 막 연락을 취하는 성격이 아니라 한동안 연락이 없었던 적도 있다. 그러다 가끔씩 식사도 하고, 이런 저런 가벼운 이야기들을 하기도 했다. 그러던 어느 날… 차에서 언니와 이야기할 기회가 있었는데, 나에 대한 깊은 이야기를 듣고 눈물을 흘리는 것이었다. 언니는 그날 내게서 다른 모습을 보았던 것 같았다. 언니의 그 눈물이 감정이입이었든 공감이었든… 이야기에 귀 기울여 주는 그런 사람이 있다는 것이 너무 고마웠다. 누군가의 이야기에 귀 기울이고, 공감해 주는 건 진정한 친구가 되는 마술과도 같다. 그렇게 언니와 난 진정한 친구가 되었다.

처음에 언니는 나를 그냥 톡톡 튀어 보이는 누군가라고 생각했었던 것 같다. 당시에 아이들을 위해서 '뮤지컬 잉글리쉬'를 가르치면서 나는 나름 밝게 살기 위해 노력했었다. 하지만 언제나 밝게 살기는 쉬운 일이 아니었다. 힘들 때마다 언니는 내 곁에서 천사처럼 나를 응원해 주는 사람이 되었다. 언니 덕분에 나는 매우 오랜 기간 무너지지 않고 잘 살아 올 수 있었다.

사람에게는 그런 사람들이 모두 하나쯤은 존재해야 하지 않을까 하는 생각이 든다. 힘들 때마다 언니가 날 믿어준 것처럼 때론 엉뚱하고 조악한 자신의 모습들에도 웃어주며 잘될 거라고 말해주는 그런 사람 말이다. 내 경우엔, 어릴 때는 털어놓는 일에 익숙했지만, 나이가 들고 상처를 받게 되자 잠수를 타게 되었다. 아무에게도 연락하지 않고, 나를 알고 있는 이들로부터 떨어져 있으면서 혼자만의 시간을 장시간 갖게 되었다. 이런 습성은 타고난 기질이라기보다는 후천적으로 생긴 거라고 할 수 있다. 몇몇 이들은 이런 나를 못마땅한 시선으로 보기도 했다. 하지만 언니는 그저 내 생사만 확인할 수 있다면 기다릴 수 있다고 말했던 사람이다. 그리고 이렇게 문자를 보내곤 했다. "소희야, 많이 힘들구나. 혼자 있는 네가 많이 걱정이 된다. 다른 이야기는 하지 않아도 돼. 그저 잘 있는지만 알려주면 좋겠다. 기다릴게." 나를 기다려주는 사람이 있다는 게 너무 고마웠다. 마음이 정리된 뒤엔 언니에게 제일 먼저 전화를 하곤 했다.

어떤 이들은 뭔가 어려움을 토로하면 너무나 부담스럽게도 무엇인가 무조건 해결해 주려고 팔을 걷어붙이기도 했다. 하지만 언니의 방식은 달랐다. 그냥 나를 그대로 인정해줬다. 쉽사리 충고하거나 짜내서 손을 대려기보다는 있는 그대로의 나를 인정해 주었다. 이런 언니가 나는 한없이 고마웠다. 감정의 기복이 모든 것을 무너뜨리고 일어날 힘조차 나지 않았던 시절, 언니는 한 번도 왜 그러냐고 나를 다그치지 않았다. 언제나 '너를 믿는다'고 말하며 "이 상황에서 이 정도 할 수 있는 네가 정말 대단한 것 같어."라고 말해주었다.

사실 사람이 방황하다 보면 본연의 모습을 잃게 되기도 한다. 그리고 그런 자신의 모습에 심한 괴리감을 느끼거나 왜곡된 연민을 느끼기도 한다. 감정을 느끼고 있는 인간인 이상 어쩔 수 없는 부분도 있다. 이럴 때, 어떤 사람들은 "너만 힘들어?!"라고 말하며 따지고 들기도 했다. 하지만 언니는 끝까지 나를 격려해 주었고 이해하기 위해 최선을 다해 주었다. 그러다 보니, 언니를 만나면 '그래, 내가 다시 일어나야지'라고 자신을 쓸어내리며 자존감을 회복하게 되었다. 언젠가 언니는 동태찜을 하는 음식점에서 "상처를 많이 받다 보니 독해져야 할 것 같아!"라고 말하던 내게 "독해지지 말고 현명해져라."라고 조언을 해 주기도 했다.

결정적으로 언니는 내가 지금의 토크닥터Talk Doctor가 될 수 있도록 도움을 준 사람이 되었다. 내가 스스로를 놓고 포기하고 싶을 때, 언니가 있어 위로와 격려가 되었던 적이 한두 번이 아니었다. 그랬다. 신은 언제나 나를 위해서 한 사람 정도는 남겨두곤 했다. 하지만 그럼에도 내 주변에 아무도 없다는 생각이 들었던 때도 있었다. 그때 내 마음속에 존재했던 마지막 보루 같은 사람이 있었다. 그게 누구냐고? 바로 '나'였다. 바닥에 쓰러져 울고 있을 때 정신을 차리고 주변을 돌아보게 한 건 '나 자신'이었다. 어릴 적 감정에 휘둘려 힘겨워했던 시절이 지나자 스스로를 들여다볼 수 있게 되었다. 그리고 보다 차분하게 나 스스로를 일으킬 수 있었다. 내게 뿌리내린 '자존감'은 스스로를 매우 소중한 사람으로 여길 수 있게 해 주었다. 나는 그렇게 강해졌다.

소희의 생각

방황이라는 건 어찌 보면 좋은 표시일 수 있다. 나 자신이 현재 올바른 방향성을 찾기 위해 노력하고 있다는 것을 의미하기 때문이다. 신은 늘 나를 위해서 천사 같은 도우미를 곁에 둔다. 사람의 음성이지만, 한편으로 그것은 신이 나에게 속삭이는 메시지일 수 있다. 감정적이 되기보다는 이성적이 되어 현명해질 필요가 있다. 그래야 올바른 결정을 내릴 수 있는 그 속삭임을 알아차릴 수 있다.

괜찮아
사랑이야…
사실, 나도 그래

최근에 방영된 TV 드라마 가운데 〈괜찮아 사랑이야〉라는 프로그램이 있었다. 연기파 배우들이 등장한, 사람들 사이에서는 꽤 알려진 드라마였다. 이 드라마는 마음속에 문제들을 갖고 살아가는 사람들과 이웃 사람들 사이에서 벌어지는 에피소드들로 구성되어 있다. 여러 상황들 속에서 사랑을 만들어 가는 주인공들의 이야기가 주를 이룬다.

주인공인 장재열(조인성)과 지해수(공효진)가 등장하는데 '재열'은 추리물을 쓰는 부유한 작가이고 '해수'는 정신과 의사이다. 이들이 만들어 내는 소박하면서도 친근한 이야기들이 시청자들에게 애틋한 감동을 주었다. 유독 이 드라마를 보면서 나는 참 많이 울었던 기억이 있다. 얼핏 보면 '재열(조인성)'은 완벽한 인물이다. 다른 이들에게 동경의 대상이 될 만큼 말이다. 하지만 그는 정신적인 문제 때문에 늘 화장실 욕조에서 잠을 자야 한다. 함께 등장하는 정신과 의사인 '해수(공효진)'는 남들을 치유하는 의사이지만, 동시에 사랑하는 이와는 어떤 스킨십도 하지 못하는 '환자'이다.

멀쩡해 보이는 그들은 모두 각자의 '트라우마'를 가지고 있다. 드라마를 통해서 깨닫게 되는 한 가지 사실은, 겉으로 보여지는 것과 달리 '모든 이들'은 다 아프다는 사실이었다. 때론 '정상적'으로 사랑할 수 없고, '정상적'으로 잠을 잘 수 없는 등의 내적인 한계와 내상을 가지고 있다. 그리고 무엇이 '정상'이라고 말할 수도 없는 혼란을 경험하며 자신의 삶을 살아간다.

사실, 나 역시 어느 정도 그런 문제들을 가지고 있다. 잠을 제대로 자지 못해서 수면제로 잠을 청한 적도 있고, 감정적 불안함에 스스로를 다잡기도 한다. 사람에게 존재하는 그런 문제들은 부나 명예나 직업과는 무관한 것 같다. 내면의 트라우마나 비정상적으로 보이는 문제들은 어린 시절의 충격적이거나 인상적인 경험에 기인한 경우가 많다. 이 드라마의 주인공들에게도 그랬다.

다시 드라마 얘길 좀 더 해야 할 것 같다. 드라마 속에서 두 사람은 지방으로 여행을 간다. 진지한 사이가 아니었던 그들은 서로 따로 떨어져 잤다. 그런데 '해수'가 아침에 일어나 보니 '재열'이 보이질 않는 것이다. 한참을 돌아다니며 찾은 끝에 화장실에서 웅크리고 자는 '재열'을 발견하게 된다. 해수는 재열에게 '멀쩡한 방을 두고 왜 여기서 자느냐'고 묻는다. 어린 시절, 재열이 계부의 폭력을 피해 맨발로 도망친 곳이 바로 냄새나는 푸세식 화장실 '똥통' 속이었다. 그 후 더럽거나 냄새가 나는 것에 상관없이 화장실은 그에게 가장 안전한 곳이 되었다. 마음과 육체의 피난처이자 안식처가 되었던 것이다. 결국 재열의 특이한 행동은 어린 시절 가정 불화와 학대가 원인이라는 사실이 드라마 속에서 드러난다.

삶 속에서 재열은 매일 한 '아이'를 만난다. 언제나 맨발이었던 이 아이는 작가가 되고 싶다고 이야기하기도 하고, 아빠가 자신을 때린다고 이야기한다. 재열은 이 아이를 그렇게나 도와주고 싶어 하는데, 사실 알고 보니 이 아이는 재열의 어린 자아였다. 이 장면에서 참 가슴이 먹먹했다. 어쩜 우리 모두는 아팠던 자신의 어린 자아를 구하고 싶어 하는지도 모르겠다. 내가 그랬던 것처럼.

해수 역시 남다른 특별하고 가슴 아픈 스토리를 어린 시절 가지고 있었다. 아빠가 사고로 다친 뒤, 아빠 친구와의 부적절한 관계를 통해 가정의 재정적 필요를 돌보는 엄마의 일탈을 목격한다. 하지만 해수는 일련의 일들이 자신과 가족의 생존과 관련 있다는 사실 때문에 이를 방관하게 된다. 죄책감을 가지게 되면서, 결국 해수는 어른이 되어서도 사랑하는 사람과의 사랑을 꿈꾸지 못하는 트라우마가 생긴다.

정말 다행스럽게도 이 드라마의 마지막은 '해피엔딩'이다. 그들은 서로의 한계를 극복해서 사랑하는 사람이 되고, 결국 결혼까지 하게 된다. 사실 해수와 재열의 스토리는 드라마나 영화에서나 볼 수 있는 아주 특별한 이야기들이 아니다. 어떤 면에서 보면 그들의 모습은 또 다른 우리들의 모습이기도 하다. 우리는 각자가 가진 '내면의 가시' 때문에 쉽사리 서로를 사랑하지 못한다. 상처 받는 것이 두려워서… 혹은 누군가를 아프게 할까 봐….

두려움이나 염려는 '과거의 상처'가 만든 흔적들이다. 누구에게나 이런 마음의 어두운 가장자리는 존재한다. 중요한 건 '누구에게나' 있을 수 있는 이런 아픈 상처의 흔적을 이상한 것으로 여기지 말고 '인정'해야 한다는 것이다. 자신을 위한 내면 바라보기는 바로 거기서 시작된다.

소희의 생각

누구에게나 트라우마는 존재한다. 그것을 치유할 수 있게 하는 것은 결국엔 '내면의 사랑'이다. '나만 왜 그럴까?' 하고 비참해하거나 우울해할 필요가 없다. 나만 그런게 아니고 모두가 그렇기 때문이다. 내면의 '토닥임'은 자신을 이상하게 보지 말고 지극히 아름다운 존재로 인식하는 것에서 시작된다. 아름다운 존재의 '아름다운 삶'은 그렇게 만들어진다.

피에로처럼

피에로를 떠올리면 사람들은 흔히 웃는 얼굴을 떠올린다. 하지만 나는 어딘가 모르게 슬퍼 보이는 가려진 얼굴을 떠올리곤 한다. 슬프고 힘들어도 언제나 웃는 얼굴처럼 보이는 그 누군가의 내면의 모습처럼 말이다.

나의 어린 시절을 피에로와 같았다고 생각한 적이 있다. 솔직히 외적인 나는 다른 사람들에게 엄청 밝은 사람으로 알려져 있다. 실제 밝은 성격을 가지고 있기도 하다. 새초롬한 이미지에 항상 잘 웃어서 '강남스타일'이라고 누군가 이야기한 적도 있다. 근 몇 년 사이 사람들의 마음을 '토닥'이면서 행복이라는 걸 많이 생각하게 되었고, 그러면서 드러나지 않은 심미深美적인 부분까지 즐거워진 것도 사실이다. 하지만 나의 어린 시절은 결코 그렇지 않았다.

겉으로 웃고 있지만 마음이 아픈 피에로의 그 모습, 어린 시절 나의 모습이 그랬다. 나는 굉장히 외향적이고 표현도 잘하는 아이였다. 하지만 마음 어딘가에는 늘 상처를 안고 살아가고 있었다. 누군가 곁에서 속마음을 털어놔 줄 수 있는 맘 따뜻한 벗이 되었다면 좋았겠지만 유감스럽게도 그런 사람이 내 주변에는 없었다. 누군가에게 다가가 맘껏 울고도 싶었다. 하지만 그럴 수 없는 게 현실이었다. 초등학교 때 엄마와 아빠가 이혼하시고 나서 선생님이 가족 조사를 하실 때면 너무나 창피한 느낌이 들었다.

초등학교 4학년 때는 이런 일도 있었다. 모처럼만에 친구들이 우리 집에 놀러왔다. 나는 친구들에게 우리 엄마가 새엄마라는 사실을 숨기고 있었다. 지금이야 재혼하는 사람이 많기도 하고 사회적인 인식도 많이 바뀌긴 했지만, 나 어릴 때만 해도 그렇지가 않았다. 그러다 보니 어리고 여린 감성으로 새엄마와 산다는 걸 친구들에게 말하기는 쉽지 않은 일이었다.

친구들과 신나게 노는 도중에 나는 친구 한 명에게 무의식적으로 우리 엄마가 새엄마라는 사실을 말하고 말았다. 그런데 그 이야기는 또 다른 아이에게 전해지고, 또 전해지기가 반복되었다. 인형놀이를 하고 게임을 하다가 중간에 친구들과 살짝 기분이 상해서 말싸움을 하게 되었다. 그런데 이때 아차 싶은 일이 생겼다. 아이들이 집으로 돌아가면서 "엄마도 새엄마인 주제에."라고 내뱉고 사라져 버린 것이다. 방 안 한쪽 구석에서 쪼그리고 무릎을 모아 얼굴을 파묻고선 엉엉 울었다. 반지하로 되어 있던 우리 집에서, 돌아가는 아이들의 인기척이 창문 너머로 들렸을 때의 그 느낌을 나는 아직도 잊을 수가 없다.

세상에 덩그러니 혼자 있는 느낌, 아무도 내 편이 없다는 생각에 너무나 슬펐던 기억이 있다. 집안 상황과 관련해서 나의 잘못이 있었던 것은 아닌데, 웬일인지 나의 몸은 수치심과 죄책감에 떨고 있었다. 그리고 그런 나의 감정을 어떻게 표현해야 할지 몰랐다. 당연히 나는 아이들에게 따돌림 받지 않기 위해 밝으면서도 스스로의 감정을 숨기고 살아야 했다.

뭔가를 제대로 표현하지 못하면 그것은 나중에 더 큰 아픔이 되는 것 같다. 차라리 그때 "뭐 어때? 우리가 사는 게 어때서? 난 엄마가 둘이라서 더 좋아!"라고 말했다면 스스로에게 그렇게나 상처가 되진 않았을 텐데, 지나고 보니 그땐 너무 어렸다는 생각이 든다. 아이의 감성만으로 스스로를 들여다보지 못했기 때문에 그런 저런 감정들을 숨기기에 급급했던 것이다. 그리고 정말 말도 안 되는 거지만 그 모든 일들이 '나 때문에 일어난 일'이라는 생각을 하고 있었다.

어렸던 나는 부모님의 이혼을 내 잘못과 동일시했다. 사람들을 '토닥'이기 위해서 공부를 한 후에야 알았다. 심리학적으로 보았을 때 많은 아이들이 부모님의 이혼을 자신 때문이라고 생각한다는 걸 말이다. 부모의 불행이나 아픔이 자신 때문이라는 생각을 한다는데 나도 그랬던 것이다. 중학교 1학년 때 처음으로 교회를 가게 되었는데 어린 나이에 왜 그랬는지 스스로를 자책하면서 너무나 열심히 회개의 기도를 하기도 했다.

모든 것이 다 내 잘못 같아서… 감정을 억누르면서 피에로처럼 지낸 어린 시절을 생각하면 아직도 목이 메인다. 나에게 존재하는 '내면 아이'를 바라볼 줄 알게 된 지금에 와서 느끼는 거지만 아이들에게 벗이 되어야 할 어른들의 몫이 결코 가볍지 않다는 생각을 한다. 한편으론 "엄마도 새엄마면서!"라고 말하며 집을 나간 친구들의 말이 스스로를 성장하게 하는 데 도움이 되었다는 생각도 든다. 혼자서 생각하는 법을 배우게 되면서 나는 또래의 아이들보다 좀 더 성숙한 내면을 가지게 되었다고 생각한다. 하루에 2시간씩 기도를 하곤 했었는데 아마 지금은 그렇게 하라고 해도 쉽지 않을 것 같다.

기도를 하는 게 너무 좋아서 걸어가면서도 기도했던 기억이 있다. 좀 더 성장해 고등학교에 다닐 때에도 나는 아무도 없는 교회에서 기도를 하는 걸 즐기곤 했다. 지금 생각해 보니 어릴 적 아이들의 그 조소가 나를 잡아주었다는 생각이 든다. 그리고 그 기도들은 나 자신을 성찰하게 해주었다.

언젠가 한 번은 믿을 수 없는 일이 있었다. 기도를 하는 도중에 어릴 적 아이들의 조소가 떠올려지면서 아주 잠시간 괴로운 느낌이 들었다. 그런데 곧이어 들린 하나의 음성 "그때도 너와 함께 있었어. 내가 너의 손을 놓은 적은 한 번도 없었어."라며 아주 부드러운 실제 음성이 들렸다. 하루에 2시간씩 매일 기도하던 그 시절, 나의 감각은 그 어느 때보다 깨어 있었다. 그때 들린 하나님의 음성이 어떤 상담자에게 들었던 말보다 더 큰 치유가 되었다. 그 음성을 듣고 2시간 넘게 울면서 '혼자가 아니었구나. 그분은 내 눈에 보이지 않는 존재였지만, 난 혼자가 아니었어!'라고 되뇌던 그때가 아직도 눈에 선하다.

이전의 슬픈 감성을 가졌던 그 어린 피에로는 성장해서 이제 좀 더 행복한 존재가 되었다. 그리고 자신이 가진 밝음과 즐거움을 다른 사람에게 전해주기 위해 노력하고 있다.

소희의 생각

안타까운 일이지만 우린 모두 피에로 같은 내면의 양면성을 어느 정도는 가지고 있다. 중요한 것은 이것은 결코 이상한 것이 아니라는 사실이다. 우린 그렇게 성장해 나간다. 피에로를 닮은 얼굴은 다른 사람을 더 많이 배려하기 위해서 사용될 수도 있다. 그들에게 상처를 주지 않기 위해 그들의 내면 속사람을 더 많이 보듬어 주기 위해 우린 매일 가면을 쓰듯 피에로 분장을 한다. 웃음기 있는 넓은 입술을 그리고 과장된 제스처를 하는 동안 우린 다른 의미의 '토닥임'을 만들어 내고 있는 것이다.

한 아이 이야기

한 아이가 있다. 그 아이의 가정은 불화가 심했다. 특히 엄마에 대한 아빠의 폭력이 무척 심했다. 아무 이유 없이 엄마는 아빠에게 “잘못했다.”며 빌었고, 아빠는 그런 엄마를 칼로 위협하기도 했다. 어느 날 아침, 이 아이는 엄마가 마당에 있는 수도꼭지 호스로 아빠에게 맞는 걸 목격했다. 아이는 그 모습을 보며 도망치듯 학교로 갔다. 이것이 아이가 어린 시절 엄마를 본 마지막 장면이었다.

학교에서 돌아와 보니 아빠는 술을 마시고 있었다. 동생은 아무것도 모르는 듯 바깥에서 물장난을 하고 있었다. 그때 이후 아이는 엄마와 쭉 헤어져 살게 되었다. 엄마가 집을 나간 근본적인 이유는 폭력이었지만, 아빠는 외도로도 엄마의 속을 썩인 적이 있다. 심지어 아이 엄마는 남편이 외도로 낳아 온 아이를 키운 적도 있었다.

위의 이야기는 내가 관심을 가지고 돕고 있는 어느 아이의 이야기이다. 이 아이가 가진 상처를 다 헤아리기란 쉽지 않다. 하지만 이런 아이들의 장래를 위해서 마음을 열고 관심을 가지는 것이 어른들의 몫이라는 생각이 든다. 토닥임이 많을수록 아이는 정신적으로 더 건강하고 바르게 성장할 수 있다. 아이들에게는 장기적으로 자신에게 스스로의 느낌을 털어놓을 다정한 누군가가 필요하다는 생각 자체를 하기가 쉽지 않을 수 있다. 스스로를 들여다보기보다는 자신들의 일차원적 필요에 더 많은 관심을 두기 때문이다.

일전에 들었던 한 남자분의 이야기가 있다. '왕따'나 '은따'라는 말이 생기기 전, 이분은 중학교 1학년 시절 거의 매일 학교 아이들에게 맞았다고 한다. 멍 자국이나 상처 자국을 거의 매일 달고 살다시피 했다. 이런 괴롭힘이 있었던 이유는 이분이 어렸을 때 남들과 좀 다른 특성을 가지고 있었기 때문이라고 한다. 당시에 나쁜 일들에 돈을 사용하기 위해서 폭력 써클에 가입된 아이들이 돈을 걷곤 했는데 그 아이들에게 맞서면서 끝까지 버텼기 때문이었다.

그냥 500원 정도는 줘버려도 그만인 일이었지만 남자아이는 "나쁜 일에 사용될 돈은 절대로 줄 수 없다."라고 잘라서 말했다. 이런 튀는 행동들이 몇 번 있자 써클에 가입된 아이들에게 거의 매일 맞고 괴롭힘을 당했다는 것이다. 나중에 이분의 어머니가 옷을 갈아입으려던 아들의 멍자국을 발견하게 되었다. 사실 어린 시절 이분의 생각으로는 부모에게 이런 것들을 일러바쳤다는 이야기를 듣고 싶지도 않았고 주변을 소란스럽게 하고 싶은 생각도 없었다고 한다. 결국 집에서나 학교에서나 자신에 대해 솔직하게 말할 수 없는 상황이 반복되었다.

이런 이야기들은 언제 어디서든 일어날 수 있는 일이라는 생각이 든다. 부모들이 "너 왜 네 생각을 얘기 안 하는 거야?! 답답하게 이럴 거야?"라고 몰아붙이면 아이는 더 스스로의 세상 안에 갇히고 만다.

아이들에게나 어른들에게나 자신의 내면을 털어놓을 수 있는 예쁜 친구가 있다면 세상은 좀 더 환하고 아름다운 곳이 될 것이라고 생각한다. 나도 누군가에게 그런 예쁜 친구 중 하나일까?

소희의 생각

마음의 크기를 잴 수 있는 것은 아니지만, 마음의 숙성도나 넓이는 사람마다 다를 수 있다. 크고, 넓고, 깊은 마음은 상대적으로 작고 여린 마음들을 보듬어 줄 필요가 있다. 물론, 모든 건 상대적이다. 강한 마음도 때론 상처를 받을 수 있다. 누군가의 내면의 소리를 들어줄 수 있는 넓은 마음이 되어보는 것은 어떨까? 모두가 그런 넓은 마음이 될 수 있다. 중요한 건, 그렇게 하기로 마음먹고 행동으로 옮기느냐이다. 누구나 그렇게 위대한 사람이 될 수 있다.

너의 꿈이 말하는 대로, 너만의 에너지를 사용해서

소통과 관련된 강의를 하기 전, 나는 늘 아이들을 가르치는 일을 해 왔다. 미래의 계획들을 위해 얼마 전에 정리한 영어 학원도 사실 어찌 보면 아이들에게 무척이나 애착이 있는 나의 내면이 만들어낸 결과물일지 모른다는 생각을 한다. 거의 언제나 내가 뭘 하고 싶은지 알았던 것 같다. 나름 이 분야에서는 스펙이 좋아서가 아니라 기술로 인정을 받고 살았다. 그러다 어느 날 구체적으로 강의를 하고 싶은 욕망을 느꼈다. 강사로서 이전 비슷한 분야에서 활동을 하긴 했지만, 구체적으로 '토크 닥터'로 누군가의 마음을 치유하는 강의를 하고 싶었다.

아직 이 분야에 대해 알지 못하던 시절, 이미 강의 관련 매니지먼트 회사를 다니던 Y에게 나의 열망과 생각을 이야기한 적이 있었다. 하지만 Y는 충고와 냉소가 담긴 어조로 이렇게 말하는 것이었다.

"여자 나이 마흔이면 여자 인생 끝난 거야. 너보다 훨씬 예쁘고 어린 애들이 계속 올라오고 있는데, 네가 버텨낼 수 있겠어? 너는 그냥 너 하던 길대로 가."

그 말에 이런 대답을 했던 걸로 기억한다.

"네가 무슨 말을 하는지 이해해. 하지만 내 꿈을 접기엔 꿈이 너무 분명하고 강렬해. 지금 내 심장을 뛰게 하는 걸 이제야 찾은 것 같아. 나이 때문에 혹은 이쪽 시장이 포화 상태니까 그만두는 건 좀 아닌 것 같아."

충고를 하더라도 희망을 주지 않는 투의 말은 개인적으로 좋아하지 않는다. 어쩐지 그런 말들은 더 좋은 결과를 만들지 못하게 하는 것 같다. 희망이 결여된 메시지는 아무리 좋은 말이라 하더라도 지속적인 추진력을 가지기가 힘들다는 생각이 든다.

사실 나는 강사로 일하기에 불리한 한 가지 특성을 더 가지고 있다. 너무나 치명적이라고 할 수 있는 그건 바로 '목소리' 문제이다. 성대폴립으로 목 수술을 한 이후에 나의 목소리는 이전보다 허스키해졌고 둔탁한 뚝배기 같은 음성을 낸다. 하지만 이건 어디까지나 나의 표현일 뿐이고, 많은 분들은 이 문제에 크게 개의치 않아 하신다. 목소리는 내게 사실 굉장한 콤플렉스 중 하나이다.

강사 일을 처음 시작할 때, 선배 강사에게 "너는 그 목소리와 말투부터 고치라."는 말을 듣기도 했다. 강사로 앞서 가시는 분에게 이런 말을 듣다 보니 강의 때마다 목소리가 신경 쓰였다. 그러다 보니 목소리에 대한 의식 때문에 강의 자체가 방해가 되기도 했다. 처음에는 '명강사 아무개처럼 말하고 싶다' 이런 식으로 생각하기도 했다. 하지만 한순간 '그냥 내 식대로 가자, 여태 내 경험 안에서 생겨난 것을 기반으로 살아왔어. 열심히 가고, 또 새로운 경험이 생기고, 습관이 생기다 보면 분명히 변화되기도 할 거고 사랑도 받게 되겠지'라고 자신을 다잡았다. 자신에게 꼭 맞는 옷을 입었을 때 편안함을 느끼는 것처럼 우리는 모두 자신의 모습일 때 가장 아름답다.

타인의 조언을 받아들이더라도 위축은 되지 말자는 것이 내 생각이었다. 지금껏 강사로서 일하면서 '나답게 가자'는 생각으로 여기까지 왔다. 이전의 통렬한 이야기를 듣고 포기했다면 지금의 나는 없었을 거라고 생각한다. 어쩜 지금 내가 여기 있을 수 있는 건 나의 강렬한 열망을 포기하지 않았기 때문일 것이다.

목소리? 지금은 다들 나의 강의를 들으셨던 분들이 "너무 정감 있고 친근하게 들린다."고 표현해 주신다. 어떤 경우엔 "목소리가 정말 섹시하게 들린다."고 이야기하는 분들도 있다. 내 강의를 듣고 눈물을 흘리며 힘을 얻었다고 하는 분들을 보면 나도 힘이 많이 난다. 너무 흔한 이야기지만 늦었다고 생각할 때가 가장 적절한 시기일 수도 있다. 가슴 뛰는 일을 찾았다면 타인의 말보다 자신의 내면에 귀를 기울이는 것만큼 중요한 것은 없다. 그것이 성공의 길이다.

지금도 그 생각을 가지고 열심히 살고 있다. 누구나 나이에 상관없이 가슴 뛰는 삶을 살 수 있다. 내가 그랬던 것처럼 말이다.

소희의 생각

꿈은 나의 미래를 말하지 않는다. 다만 내 삶의 방향성을 제시해 줄 뿐이다. 꿈이 뭐라고 말하는지 알고 싶다면 잠시 멈추어 눈을 감고 자신의 내면의 소리를 들어 보기 바란다. 무엇에 가장 나의 가슴이 뛰는지 알게 될 것이다. 꿈은 눈을 뜨고 꾸는 것이 아니라, 눈을 감았을 때 보이기 마련이다. 꿈이 말하는 메시지를 알고 싶다면 자신의 내면을 들여다보는 것이 먼저이다.

사람은 누구나 외롭다

사람을 힘들게 하는 많은 요소들이 있다. 아마도 사람들마다 스스로를 가장 아프게 하거나 힘들게 하는 요소는 각자 다를 거라 생각한다. 내 경우에 나를 가장 힘들게 했던 건 어쩜 외로움이었다는 생각이 든다. 혼자가 된다는 느낌… 그 느낌이 특히 나를 두렵게 하고 힘들게 했다는 생각이 든다. 앞서 언급했던 것처럼 사람들로부터 떨어져 외톨이가 된다는 생각이 들었을 때, 특히 참담한 느낌이 들었다. 그러고 보면 나는 아직도 내적으로 더 많이 성장해야 할 필요성이 있는 존재인지 모른다는 생각이 든다. 스스로 홀로서기를 하기 위해 더 많은 정신적 성장이 필요한 것이다. 어쩜 그것은 다른 사람에 비해서 내가 여린 감성의 소유자이기 때문은 아닐까? 이유야 어떻든 성장은 누구에게나 필요하다.

사람은 누구나 아프면 자신을 보호하려 한다. 나에게도 누군가에게 받은 상처 때문에 아팠던 기억이 있다. 어렸을 때도 그랬지만 비교적 성장한 이후에도 상처의 상황들이 생겼었다. 내적인 성장과는 별도로, 상처를 주고 치유되고 하는 식의 인생의 과정들은 끝없이 반복되는 것 같다. 최근에 내가 좋아하는 사람들을 구성원으로 둔 어떤 커뮤니티와의 인연을 잠시 보류하고 나 자신의 발전을 위해서 개인 일에 몰두하기로 결정한 일이 있었다.

그런 결정을 하게 된 데는, 그 커뮤니티 안에서 생긴 누군가와의 상처가 큰 역할을 했다. 물론 뜻하지 않은 일이었다. 내가 의도했던 것도 아니었고 예상했던 일도 아니었다. 갑작스러운 일로 인해 나는 적잖이 당황했다. 사실 이전에 그 사람과 나는 비교적 친밀하고 좋은 관계를 누렸었다. 하지만 일이 꼬이려고 했었는지 한번 생긴 오해와 상처는 쉽게 아물지 않았다. 나와 오해가 생긴 사람은 그 커뮤니티에 핵심멤버로 일을 하고 있었는데, 그 사람으로부터 받은 상처 때문에 나는 그 커뮤니티 안에서 함께 얼굴을 마주하는 것이 부자연스러운 상황이 되었다. 물론 그 사람도 아팠겠지만 그때는 내 아픔이 먼저 보였던 것 같다.

개인적으로는 그 사람에게 일방적으로 거절당하는 느낌이 들었고, 한편으로는 핵심멤버로서의 그 사람에 의해 의도적인 따돌림의 분위기가 만들어지는 듯한 느낌이 들었다. 좋은 관계를 누리고 있던 다른 동료들이 있었지만 나는 그냥 그 커뮤니티 안에서의 활동들을 보류해야겠다고 생각했다. 악의가 있었다거나 앙금이 있어서라기보다는 그렇게 하는 것이 더 지혜로운 행동이라고 생각했기 때문이었다. 곤란한 상황을 만들기보다는 스스로 조금 외로워지더라도 대외적인 상황을 위해서 한발 뒤로 물러나는 것이 더 지혜로운 것이라고 생각했다.

사실 의도했던 것은 아니었지만 마음이 많이 아팠다. 누군가와의 문제 때문에 다른 사람들과의 관계에 있어 부당한 영향을 받게 될 거라고는 전혀 생각지 않았었다. 하지만 그런 상황이 생기고 보니 상대적으로 외로운 느낌도 들었고 억울하다는 생각도 들었다. 어쩔 수 없는 일이었다. 이미 일어난 일이었고 상황을 뒤집을 수도 없었다. 때때로 삶은 내가 마음먹은 대로 움직이지 않을 때도 있다. 짧은 시간 그로 인해서 속상하고 기분이 나쁠 수도 있겠지만, 중요한 것은 그런 것들로 인해 자신의 감정을 지나치게 지치게 하지 말아야 한다고 생각한다.

뜻하지 않은 일들에 대해서 낙담하고 오랫동안 힘들어 할 것이 아니라, 스스로를 추스르고 어떻게 다시 일어날 것인지를 생각하는 것이 강하고 성숙한 사람이 되어가는 과정일 거라는 생각을 해본다. 그렇게 나는 오늘 또 한 번 성장하고 있다.

소희의 생각

돌이켜보면, 외로움은 언제나 우리 모두의 곁에 머물면서 우리 스스로를 다소간 진지하게 만드는 반갑지 않은 친구이다. 하지만 갑작스레 찾아온 그 진지함이 나쁘기만 한 것은 아니다. 그 진지함은 아픔 속에서 나 스스로를 더 많이 성장하게 하고 더 원숙해지게 하기 때문이다. 성장이란, 아무렇게나 그냥 만들어지는 게 아니다. 고통은 그 자양분이고 내적인 고뇌는 성장을 이루기 위한 씨앗이다.

날 더 외롭게 하는 것은 나 자신이 아닐까?

외로움을 좋아하는 사람은 없다. 하지만 때로 외로움은 선택에 의한 것일 때도 있다. 어느 날 지하철에 이런 문구가 있는 것을 본 적이 있다. "외로우니까 인간이다."

앞서 언급했던 대로 나는 스스로의 성장을 위해서 외로움을 선택하기도 했다. 물론 쉬운 일은 아니었다. 말을 쉽게 했을 뿐이지 부당하다고 생각되는 일들을 겪고 난 뒤에 참 많이 울어야 했다. 그것이 아무리 나에게 유익하다 한들, 쉽사리 외로움을 받아들이는 것은 도전이 되는 일이다.

외로움은 알약과도 같다. 아니, 알약보다 쓴 가루약일지도 모르겠다. 외로움을 내 것으로 만들고 삼키는 것은 마음에 내키는 일이 아니다. 그치만 그 약을 삼키고 나면 나는 좀 더 강한 존재가 되어 있다. 전에 재미있게 읽었던 책 한 권이 있었다. 『화성에서 온 남자, 금성에서 온 여자』라는 매우 잘 알려진 책이었다. 그 책을 보면 남자들은 스스로의 내적인 정리를 위해서 '굴속'에 들어가서 숨어버리곤 한다는 내용이 있다.

우스운 이야기 같지만 나는 여자이면서도 그 책에 나온 남자 같은 행동을 하곤 했다. 마음이 심란하고 머리가 어지러울 때 주변 사람들과 연락을 끊고 나만의 '굴속'으로 들어가 혼자만의 시간을 갖곤 했다. 주변에 있는 나를 아끼는 지인들은 오랜만에 나타난 나를 보고 '그동안 어디서 무엇을 하며 지냈느냐'고 너스레를 떨기도 한다. 그만큼 내가 '굴속'에 있는 시간은 뜬금없다는 생각이 들 정도로 길 때가 있다. 분명한 건 그런 혼자만의 시간이 나에게 유익한 영향을 준다는 것이다.

원래 나는 감정에 대해서 솔직한 것을 좋아하는 편이다. 물론 가리는 것이 미덕이라고 생각하는 사람들이 있다. 또 그것이 필요한 경우도 있다는 것을 나는 알고 있다. 하지만 감정에 '충실'한 것은 스스로의 자존감을 유지하고 나 자신을 찾아가는 데 있어 여러 가지로 유익하다. 주변 사람들은 나를 보며 오히려 뒤끝이 없다고 이야기하기도 하고 밝은 성격이 마음에 든다고 말하기도 한다. 물론 답은 없다. 무엇이 더 좋은지 우열을 가리는 건 의미가 없다.

하지만 무엇보다 중요한 것은 우리 모두는 감정적인 성숙에 있어

멈추어 있거나 경직되어 있어서는 안 된다는 것이다. 감정적인 문제 때문에 계속적으로 힘들어 하기보다는 때로 그런 상황이 생기더라도 스스로를 추스를 수 있는 '리턴Return'의 과정이 필요하다. 그 '리턴'을 위해 마음 안의 '굴속'을 선택하기도 하는 것이다. '굴속'은 실제로 눈에 보이는 장소는 아니다. 마음의 진지함과 차분함 그리고 감정의 회복을 위해 들어가는 마음속 나만의 장소이다.

'감정의 소용돌이'를 경험하는 것이 내가 원하는 것은 아니라 할지라도, 때론 그런 상황들로 인해 당황스럽고 마음이 아프다 하더라도, 그런 것들을 내 삶의 일부로 기꺼이 받아들일 필요가 있다. 그것은 자신의 삶을 성장하게 만드는 하나의 계기가 된다. 개인적으로 나 자신이 그런 강한 사람이라고 말하기에는 아직도 부족함이 많다고 생각한다. 하지만 나는 노력하고 있다. 오늘과는 다른 '또 다른 내'가 되기 위해 계속 노력하고 있다.

소희의 생각

'피할 수 없다면 즐기라'는 말이 있다. 뜻하지 않은 외로움이 나를 혼란스럽고 힘들게 한다면, 그리고 그것을 피할 수 없다면, 오히려 그 외로움을 즐기면 어떨까? 물론 쉽지 않다. 하지만 한편으로 '외로움'은 결코 이상한 일이 아니다. 인간은 가장 '이지적理智的'이면서 가장 강력한 존재이다. '외롭다'는 것은 약함의 표시가 아니라 강함의 표시일 수 있다. 왜냐하면 그로 인해 인간은 더 높이 도약하고 더 넓은 포용력을 가지게 되기 때문이다.

나에게 '아빠'라는 이름은…

사람에게 있어서 가족이라는 이름만큼 애틋한 감정을 느끼게 하는 단어도 없을 것이다. 나에겐 엄마라는 이름이 그랬고, 다른 한편으로 아빠라는 이름 때문에 눈물이 났던 적도 있었다. 이미 오래전에 돌아가신 우리 엄마… 엄마를 생각하면 아직도 가슴이 아리고 짠한 느낌이 먼저 든다. 아빠? 솔직히 말해 나는 꽤 오랫동안 아빠를 오해했었다. 어린 시절, 아빠에게 받았다고 생각되는 상처들 때문에 아빠를 많이 원망하기도 했다. 물론 어느 정도는 사실이었고, 아빠도 이 부분과 관련해서는 어느 정도 공감하는 부분이 있다. 하지만 최근에 있었던 아빠와 관련된 일 때문에, 나는 아빠를 전혀 '다른 눈'으로 보게 되었다.

어느 날 운전을 하면서 집으로 가는 중이었다. 잘 기억은 나지 않지만 아마도 강연 일정 때문에 바쁘게 움직이던 중이었던 것 같다. 뜻하지 않게 차 안에서 아빠의 전화를 받게 되었다. 아빠와 그다지 많은 대화를 하는 편도 아니었기에 나는 그저 '무슨 일일까?' 하며 궁금해 하기만 했다.

전화벨이 울려서 전화를 받기는 했지만 정작 아빠는 처음에 아무 말도 하지 않으셨다. 뭔가 알 수 없는 '내면의 감정' 때문에 목이 메시는 듯했다. 정말 이상한 일이었다. 그런데 갑자기 아빠가 우시면서 "미안하다."고 하시는 거였다. "나 때문에 네가 고생이 많았다."며 "정말 미안하다"고 하시는데 처음엔 나도 어안이 벙벙했다. 하지만 이내 아빠의 격한 감정의 깊이를 느끼고 나 역시 울어버리고 말았다. 소리없이…. 우린 가족이었지만 서로의 감정에 솔직한 게 너무 어렵고 어색하다. 그래서인지 아빠에게 우는 모습을 보여드리기 싫었다. 그래서 최대한 감정을 자제하고 명랑한 모습으로 아빠와의 통화를 마쳤다.

확실하지는 않지만, 아빠는 유투브 사이트에 올라와 있는 나의 강의하는 모습을 보신 듯했다. 강의 내용 중에는 아빠와 관련된 부분도 있었는데 다소간 아빠와 관련된 이야기들이 아빠의 마음을 짠하게 했던 것 같았다. 사실 아빠는 오래전부터 나를 사랑하고 있었고, 나도 그걸 모르진 않았었는데… 우연히 발견한 그 영상 때문에 아빠는 딸에 대해 자신이 품고 있었던 애틋한 느낌들을 다시 떠올리신 것 같았다. 달리 아빠가 나를 갑작스레 찾을 일은 없었기 때문에, 나는 자연스레 그런 추리를 했다.

나중에 알게 된 일이지만 내 강의를 듣고 아빠가 많이 우셨다고 한다.

아빠와 통화를 하면서 "저는 괜찮으니, 아빠도 이제 아빠가 행복하다고 생각하는 삶을 찾으세요."라고 대답해 드렸다. 지나고 보니, 그렇게 말하기를 정말 잘했다는 생각이 든다. 사실, 어린 시절 아빠는 나에게 있어 절대적인 존재였다. 어쩜 아빠는 슈퍼맨 같은 존재였다는 생각이 든다. 사춘기가 되기 전까지 아빠를 무척이나 좋아했고, 아빠도 나를 많이 아껴주셨다. 돌이켜 보면 나는 동생에 비해 아빠로부터 참 많은 사랑을 받으며 자랐던 것 같다. 바나나가 귀했던 시절 나를 위해 숨겨 두었던 바나나와 과자들을 꺼내어 주신 일이 아직도 기억이 난다. 지방 출장이 많았던 아빠는 출장을 갔다 돌아오실 때면 늘 선물보따리를 풀어 놓으셨다. 늦은 저녁 늦게 귀가하셨을 때 귀엽다며 나를 깨우시고는 수염난 턱을 내 볼에 마구 문지르셨던 기억도 아직 남아있다.

그랬던 아빠가 엄마를 비롯해 모든 가족들에게 깊은 상처를 주었다고 생각되면서 나는 아빠를 원망하기 시작했다. 그리고 그 원망은 뼈에 사무칠 정도로 깊은 것이 되었다. 며칠 전 들었던 아빠의 '미안하다'는 음성이 자꾸만 내 귓전을 때린다. 그리고 그 기억은 알 수 없는 감정의 뒤안길로 자꾸만 나를 밀어 넣는다.

아빠와의 통화 이후에, 우린 더없이 다정하고 좋은 사이가 되었다. 아빠와의 관계를 회복한 내 마음은 너무 홀가분하고 감정적으로 평온하다. 그래! 가족은 나 자신이 기댈 수 있는 '마지막 고향'이라는 생각이 든다. 아빠와의 즐거운 추억에 젖어 또 한 번 빙그레 웃어본다. 그리고 나에게 "미안하다."라고 용기 내어 말씀해준 아빠께 감사한다. 작은 그 한마디가 나를 자유케 했다.

소희의 생각

세상에서 가장 든든한 이름, 그 이름은 아마 '아빠(아버지)'라는 이름일 것이다. 아버지라는 테두리 속에 우린 태어났고 안정을 느꼈다. 성장하면서 어느 순간, 아버지의 손이 가냘파 보이는 때를 접한다. 가장 든든하고 위대한 테두리가 되었던 아버지를 위해, 이제는 그 손을 잡아드리면 어떨까? 아버지의 가장 든든한 테두리는 아닐지라도 가장 다정한 '응원'은 되어드릴 수 있으니 말이다.

꿈을 딛고 만들어지는 또 다른 꿈

얼마 전, 우연히 아버지에 관한 광고를 시청했었다. 이후 그 프로그램과 관련된 인상적인 잔상이 오래도록 깊게 박혀서 이것을 내 강연의 재료로 사용하기도 했다. 다큐멘터리 내용은 이랬다. 같은 장소에 모여 있는 아이들에게 테스트 진행자가 질문을 하는 장면으로 영상이 시작한다. 질문자는 아이들에게 "얘들아, 너희는 꿈이 뭐니? 만약 죽을 날이 얼마 남지 않았다면 무엇을 하고 싶니?"라고 묻는다. 아이들은 각자 자신들이 하고 싶은 이야기들을 하게 된다.

하지만 중요한 것은 그다음부터이다. 질문자는 "만약 '5억'과 '꿈' 중에 선택하라면 너희는 무엇을 선택하겠니?"라고 다시 질문한다. 아이들은 이 경우 전부 다 꿈을 고른다. 대부분의 사람들이 마찬가지일 거라 생각한다. 물질을 위해서 꿈을 희생할 사람이 과연 얼마나 되겠는가? 우리는 단지 '살아있기만 한 존재'는 아니다. '살아있기 위해' 필요한 5억보다는 '삶에 의미'를 부여하는 '꿈'을 선택하는 것이다. 영상 가운데서 여기까지는 충분히 예상할 수 있는 부분이었다.

영상 가운데 질문자는, 갑자기 그 아이들의 아버지들의 영상을 보여준다. 그리고 그 영상 속 또 다른 영상은 아버지들에 대한 질문으로 이어진다. 아버지들에게도 역시 같은 질문이 주어진다. '꿈과 5억 가운데 무엇을 선택하겠는가?'와 관련된 같은 질문이다. 아직 한 번도 이와 같은 실험이 시도된 적이 없었기 때문에 결과를 가늠하기란 쉽지 않았다. 아버지들도 똑같이 '돈'보다는 '꿈'을 선택할까? 아니면 그들 중 일부는 꿈을 선택하고 일부는 돈을 선택할까?

사실 세파에 찌든 기성세대들에게 있어서 이와 관련된 질문들에 대한 답이 일관되게 나올 거라는 예상은 기대하기 어렵다. 왜냐하면, 기성세대들에게 물질로 인한 압박감과 시련 그리고 고통은 삶의 전체 부분을 거쳐 매우 인상적인 방법으로 각인되기 때문이다. 그들 중에는 부유한 사람도 있고 그렇지 않은 사람도 있을 수 있다. 기성세대의 어려움을 모르는 자녀들(청소년들)에게 있어 삶의 의미라고 할 수 있는 '꿈'은 어쩌면 당연한 귀결일지도 모른다. 하지만 기성세대에게는 어떨까? 특히 자녀를 가지고 있는 부모라면,

다는 아니라 해도 그들 중 얼마는 꿈을 선택할 수 있지 않을까? 관심을 갖고 영상에 집중했다.

아버지들과 관련된 조사에 있어 나타난 결과는, 어떤 면에서는 놀랍고, 어떤 면에서는 당연한 결과였다. 거기에 더해 한편으로 마음 깊은 곳에서 느낄 수 있는 감동의 파편들이 느껴지기도 했다. 아버지들… 그들 모두는 '5억'을 선택했다. 이유? 그들은 모두가 한결같이 '가족'을 사랑하고 있었다. 자신의 가족을 위해서라면 자신의 꿈도 희생할 수 있는 각오가 된 사람들… 바로 아버지들이었다.

이 영상과 관련된 이야기들을 강연에서 사용하곤 하는데, 영상을 보는 사람들 거의 대부분이 감동을 느끼는 걸 볼 수 있었다. 동공이 커지며 심지어 눈물을 흘리기도 한다. 영상 초기 시점에서 껄껄거리면서 웃던 청중들은, 영상이 마쳐지고 나면 모두가 숙연해져 거의 아무 말도 할 수 없게 된다. 나는 그들의 얼굴을 통해서 무언의 메시지를 느끼곤 했다.

우리 각자가 가진 꿈들은 어쩌면 '누군가'의 꿈을 먹거나, 허물어진 꿈 위에 세워지는 것은 아닐까? 그 '누군가'란 우리들의 아버지, 어머니, 혹은 나를 위해서 희생하는 나의 가족들일지도 모른다. 가족이라는 이름은 그만큼 모두에게 소중하다. 아이러니하면서도 서글픈 사실은 많은 사람들이 자신들의 꿈을 이루지 못한다는 것이다. 그들의 이루어지지 않은 꿈들은 헛된 것일까? 그렇지 않다고 생각한다. 허물어지거나 포기된 꿈들의 상당 부분은 '누군가의 꿈'을 위해서 '희생'되거나 포기된 것들일 수 있기 때문이다.

그런 의미에서 그런 꿈들은 '이루어지지 않은 꿈'이 아니라 다른 이의 꿈속에서 꿈틀거리며 살아 있는 또 다른 생명력이자 에너지, 자양분일 수 있다. 지구별에서의 삶을 살아가는 이들에게 혼자만의 노력으로 이루어진 삶은 존재할 수가 없다. 건재한 우리들의 삶은 또 다른 누군가의 삶의 '대신'일 수 있다. 그것은 우리 모두가 삶을 감사하며 살아가야 할 이유이다.

소희의 생각

이 세상에 존재하는 꿈 가운데 이루어지지 않은 꿈은 없다. 우리 모두는 어느 순간 누군가에게 도움을 주기도 하고 도움을 받기도 한다. 유기적으로 연결된 그 모든 활동들은 서로의 꿈을 이루고 가꾸어 나가는 데 도움이 된다. 좋은 일은 나누면 배가 된다지만, 꿈을 함께하려는 그러한 노력은 '배 이상'의 힘을 발휘한다. 그렇게 우리는 모든 사람들의 꿈속에 살며, 우리 자신의 꿈속에 '모든 사람'을 담는다.

아파도 사랑할래?

일상의 아픔에 찌들어 나 자신을 제대로 보지 못할 때가 많다. 하지만 하루 중 스스로에 대해서 진지하게 생각해 보는 시간이 있다. 일을 마치고 집에 들어갔을 때이다. 그땐 뭔가 긴장이 풀어지면서 힘이 쭉 빠지는 듯한 느낌이 들기도 한다. 살고 있는 컴컴한 오피스텔을 열었을 때의 설명할 수 없는 적막감과 고독을 이해할 수 있는 사람은 많지 않을 거라고 생각한다. 어쨌건, 돌이켜 보면 그 시간은 하루 중 내게 가장 많은 진지함을 느끼게 하는 때인 것 같다.

어느 날은 저녁에 혼자 퇴근해서 오피스텔에 들어갔는데, 역시 이전에 느꼈던 그 적막함이 느껴졌다. 집에는 아무도 없었다. 예전과 다름없이 청소를 하고 침대에 누웠다. 답답한 마음에 음악을

틀었고, 나는 그렇게 스스로를 위로하기 시작했다. 평범한 일상이었다. 약간의 먹먹함은 빼고 말이다. 어떤 경우엔 그 먹먹함의 정체를 알아내기가 힘이 들기도 한다. 외로운 것인지 아니면 다른 이유 때문에 가슴앓이를 하고 있는 것인지 당체 모르겠다는 생각이 들기도 한다.

그런데 그날은 갑자기 눈물이 나면서 하나님께 기도를 하기 시작했다. 나는 그 순간 내가 기댈 수 있는 유일한 안식처, 신을 찾기 시작했다. "하나님 제 마음에 가시가 생긴 것 같아요. 더 이상 제 안에 가시가 생기지 않게 해주세요." 하염없이 눈물만 흘렀다.

때론 상처가 가시가 되기도 한다. 그 가시는 가끔 의도하지 않게 내가 사랑하는 사람들을 아프게 하기도 한다.

기본적으로 그런 상황들은 남을 미워해서가 아니라 사랑하기 때문에 생기는 것 같다. 내 경우에도 그랬다고 생각한다. 사랑은 '아픔'인 것 같다. 아파서 사랑하고, 사랑해서 아픈 것이다. 누군가에 대한 사랑은 정말 자기가 의도하지 않은 순간, 뜻하지 않은 상황을 만들어내기도 한다. 그럴 때마다 나는 많이 괴롭다.

이런 생각이 들기도 한다. 사랑해서 아픈 것이 필연적인 거라면 나는 그럼에도 불구하고 사랑해야 할까? 사랑하는 사람으로 인해서 가슴 아프고 나 역시 그 사람에게 상처를 줄 수 있다면, 그래도

변함없이 그를 사랑해야 할까? 내가 내린 결론은 그럼에도 불구하고 사랑은 언제나 옳다는 것이다. 사랑은 사람을 더 사람답게 만들고 눈물과 고뇌의 의미를 더 가치 있는 것으로 만들어준다.

작가 공지영은 "사랑은 상처 받는 것을 허락하는 것이다."라는 말을 한 적이 있다. 나는 그 말에 전적으로 동의한다. 사랑하는 동안 상처는 피할 수 없는 숙명처럼 다가와 나를 고민하게 한다. 상처는 반복되고 또 반복된다. 하지만 우리 모두는 사랑하기에 행복하다. 사랑 안에 살며 사랑 안에 죽는다.

소희의 생각

살아가는 동안 결코 멈추지 말아야 할 두 가지가 있다. 그것은 '숨쉬기'와 '사랑하기'이다. 사람은 사랑하기 위해 태어났고 또한 그 사랑을 받기 위해 태어났다. 성경에는 '하나님은 사랑'이라는 말이 있다. 내게 있어서는 '신'뿐 아니라 '사람'도 그 자체가 사랑이다. 왜냐하면 우린 신의 아들, 딸이고 신을 닮은 피조물이기 때문이다.

마음으로 빚은 새로운 가족, 새엄마

초등학교 4학년 때 엄마와 아빠가 이별하시고, 우리 집엔 내가 원하지도 않았고 반가워할 수도 없었던 새로운 사람이 가족이 되었다. 바로 우리 새엄마였다. 지금은 내가 '우리' 새엄마라고 부를 정도로 엄마를 사랑하지만 어린 나이였던 그때 나는 새엄마가 그렇게나 미울 수가 없었다. 나에게 '엄마'를 대신할 수 있는 것은 그 무엇도 없었는데 아빠의 옆자리를 누군가가 대신 차지했다고 생각하며 내심 속이 많이 상했던 것 같다. "지금 내가 불행한 것은 다 당신 때문이야!" 말도 안 되는 악담을 늘어놓으며 엄마를 괴롭히고 아프게 하곤 했다.

하지만 새로운 가족이 된 엄마는 마음이 고운 분이셨다. 내가 아무리 소리를 치고 못되게 굴어도 엄마는 늘 나를 챙겨주는 지원자 같은 분이 되셨다. 새엄마는 그냥 내 말을 아무 대꾸도 못 하고 다 감내하셨다. 솔직히 새엄마가 상냥한 분은 아니었다. 좀 무뚝뚝한 편이셨지만 조용하고 내향적이면서 묵묵하게 자신의 자리를 지켜 오셨다. 돌이켜 보면 어린 마음에 좀 못되게 굴었던 그때가 후회가 되기도 한다.

태어나면서 내 '자의'에 의해 누군가를 만나게 되는 것은 우리에게 있어 상당히 제한적인 것 같다. 어떤 집안에 태어나고 싶어서 태어나는 것도, 동생을 두고 싶어서 동생이 생긴 것도 아니다. 누구나 마찬가지다. 우린 태어나면서부터 '원해서' 가족을 만나지는 않는다. 하지만 가족은 필연이다. 그런 의미에서 돌이켜 보면 새엄마도 마찬가지였던 것 같다. 내가 원해서 새엄마를 만난 것은 아니지만 새엄마 역시 나의 가족이었다.

가족이라는 이름 아래 나를 딸로 받아주시고 지금까지 다정하게 보듬어 주셨던 엄마가 많이 고맙다. 가끔 엄마를 보러 엄마가 계신 곳으로 내려가기도 한다. 그때마다 엄마는 반찬이며 맛있는 것들을 바리바리 싸주신다. 우리는 여느 다른 가족들과 다름없이 다정한 모녀지간이다. 다정했던 친엄마와의 추억들을 떠올리면 좀 생경한 느낌이 들기도 하지만 그런 건 아무래도 좋다. 나는 살아가는 동안 다른 사람처럼 평범하게 한 명의 엄마를 둔 자녀가 아니라 나를 너무나 사랑하고 아껴주는 두 명의 엄마를 가지고 있는 행복한 사람인 것이다.

아이를 입양한 부모들은 자신의 아이에 대해서 '배 아파 낳지는 않았지만 마음으로 낳았다'고 표현하곤 한다. 솔직히 나에게 있어 새엄마는 '마음으로 빚은 가족'이다. 처음의 어색함과 낯선 느낌들이 다소간 나를 당황스럽게 하기도 했지만 우리는 꽤 오랜 기간을 두고 서로의 아름다운 모습을 그려내고 빚어냈다. 이전의 새엄마를 향한 원망은 현재 감사함과 삶의 애틋함으로 바뀌었다. 어느 때부터였는지는 모르겠다. 나는 그렇게 성숙해져 갔고 마음 깊은 곳에서부터 새로운 '가족'이라는 두 글자를 써내려가기 시작했다.

좀 어색한 비유일지는 몰라도 유태인들은 '유태인의 정신을 이어받는다면 누구나 유태인으로서의 삶을 살 수 있다'고 생각한다고 한다. 나에게 있어 지금의 새엄마는 엄마로서 충분한… 아니, 나에게는 '과분'한 인생의 '선물'과도 같은 존재였다. 엄마를 만난 것에 감사한다.

소희의 생각

고통을 전제로 한 만남이 아니라면, 모든 만남은 소중하고 사랑스럽다. 우리에게 만남이 중요한 이유는 그 만남을 통해 사랑을 배우기 때문이다. 때때로 뜻하지 않은 만남이나 원치 않았던 만남이 있기도 하지만 우리는 여전히 사랑 안에 하나가 된다. 우리가 이 땅에 온 '이유'가 사랑이고, '존재 가치' 역시 사랑이기 때문이다. 만남은 사랑을 통해 끊임없이 서로를 토닥인다.

‘위로’는 서로가 만드는 거야

어떤 사람들은 삶을 ‘고통의 바다’라고 한다. 나는 이 말에 전적으로 동의하지는 않는다. 험난한 바다 위를 항해하다 보면, 때때로 보물섬을 만나게 되기도 하고 아름다운 아일랜드를 만나게 되기도 한다. 그런 의미에서 보면 삶은 기대감을 갖게 하는 설렘의 여행이 될 수도 있다. 뜻하지 않은 삶의 굴곡들은 누구나 ‘위로’를 필요로 하게 한다. 우리는 ‘함께’하는 존재이고 ‘함께’ 있을 때 더 빛나는 존재가 된다. ‘위로’에 있어서도 마찬가지이다. 외부로부터의 위로는 삶을 더 안정적인 것이 되게 하고, 많은 고통 가운데서도 묵묵히 인생의 자리를 지켜나갈 수 있도록 해준다.

기억에 남는 ‘위로’ 하나가 있다. 사실 이분을 알게 된 것은 나와 친분이 있었던 어느 대표님을 통해서였다. 처음부터 이분과 그렇게 친밀한 사이는 아니었다. 그저 먼발치에서 서로를 바라보며, 멋진 모습들을 마음속으로 응원해 주던 사이였다. 하루는 그분이 이런 메시지를 나에게 보냈다. "갑자기 이 노래를 듣는데 왜 예쁜 소희가 생각나지? 늘 파이팅하고, 서울 가면 얼굴 한번 보자. 늘 건강 챙기면서 다녀."라는 메시지였다.

고맙긴 했지만 이전에도 비슷한 메시지들을 받았었기 때문에 그냥 그러려니 했었다. 예의상 '고맙다'는 인사만 보내드렸다. 좀 특이했던 게 이 메시지와 함께 붙여진 어떤 영상의 링크였다. 누군가가 만든 뮤직비디오였는데 그 배경 음악이 노사연의 '바램'이라는 곡이었다. 별스럽지 않게 이 메시지를 받고, 나중에서야 링크에 첨부된 영상을 보게 되었다. 뒤늦게 영상을 확인한 나는 그 자리에서 그만 울어버리고 말았다. 아름다운 곡도 곡이었지만 그 노래의 가사는 정말 나의 마음을 미어지게 했다. 나를 기억해서 그런 메시지를 보내준 오빠가 너무나 고마웠다. 아는 사람은 알겠지만 그 곡의 가사를 여기 다시 한 번 적어보려고 한다.

"내 손에 잡은 것이 많아서 손이 아픕니다. 등에 짊어진 삶의 무게가 온몸을 아프게 하고 매일 해결해야 하는 일 때문에 내 시간도 없이 살다가 평생 바쁘게 걸어 왔으니 다리도 아픕니다. 내가 힘들고, 외로워질 때 내 얘길 조금만 들어 준다면 어느 날 갑자기 세월의 한복판에 덩그러니 혼자 있진 않겠죠. 큰 것도 아니고 아주 작은 한마디, 지친 나를 안아주면서 사랑한다 정말 사랑한다는 그 말을 해준다면 나는 사막을 걷는다 해도 꽃길이라 생각할 겁니다. 우린 늙어가는 것이 아니라 조금씩 익어가는 겁니다. 우린 늙어가는 것이 아니라 조금씩 익어가는 겁니다. 저 높은 곳에 함께 가야 할 사람 그대뿐입니다."

무엇보다도, '우린 늙어가는 것이 아니라 조금씩 익어간다'는 표현에 감동을 느꼈다. 어쩌면 우리 모두는 서로를 '위로'하기 위해 태어났는지도 모른다. 처음엔 낯선 사람이었지만 우린 서로에게 익숙해져 가며 애틋한 마음을 가지게 된다. 나이를 먹어간다는 것은 정말 서글픈 일이다. 하지만 단지 '늙어간다'는 차원의 이야기가 아니라 삶을 통해 더 인간답게 익어간다면 모든 인생이 성공한 삶일 수 있다는 생각을 해본다.

스리랑카에서 이 노래를 듣다가 갑자기 내가 생각났다는 말 한마디에 '나를 생각해주는 사람이 있으니 열심히 살아야겠다'는 위로를 느꼈다. 사실 뜻하지 않은 삶의 위로는 엄청나게 대단한 것으로부터 만들어지지 않는다. 아름다운 옷이 몇 개의 커다란 동아줄로 만들어지는 것이 아니듯, 우리의 삶은 대단하고 특별한 일들로 채워지지 않는다. 수많은 실들이 함께 모여 아름다운 의복을 만들 듯, 삶의 위로는 아주 작은 것에서부터 시작된다. 짧은 말 한마디, 은근한 미소, 누군가를 바라보는 암묵적인 시선으로도 위로는 만들어진다. 우리를 계속 살아 있게 하는 것은 '위로'일지 모른다는 생각을 해 본다. 그렇게 나를 토닥여준 한스드림베이커리 한

상백 대표님께 감사를 전한다.

소희의 생각

사람은 나약한 존재이기도 하지만 한편으로 매우 강인한 존재이다. 아무도 찾을 수 없는 메마른 사막과 같은 환경에서도 어떻게든 위로의 오아시스를 찾아낸다. 마음을 즐겁게 해주는 꽃, 귀를 간지럽히는 실바람, 잠시간 갑작스럽게 찾아온 눈물방울 속에서도 사람은 위로를 찾아낸다. 약함 속에서 강함을 찾아내는 것이 바로 인간이다. 우린 더 많이 강인해져 '가고' 있지만, 어떤 의미에선 '이미' 강인한 존재인 것이다.

2

살아간다는 것과 성장한다는 것

머리가 나쁜 것보다 더 나쁜 것

며칠 전에 종영한 드라마 〈상류사회〉가 있다. 그 드라마의 일부 내용을 보면 장윤하라는 사람과 이지이라는 이름의 또 다른 인물이 등장한다. 드라마 속 장윤하는 부잣집 아이였고 그런대로 꽤 괜찮은 상류사회 출신이었다. 반면에 이지이라는 아이는 그렇지가 못했다. 극 중 둘은 서로의 사정을 모르는 상태에서 우연히 같은 마트에서 일을 하게 된다. 집안 형편의 차이가 있었지만 나중에 두 사람은 무척 친밀한 사이가 되었다. 시간이 지나 유복한 집안의 장윤하는 이지이를 자기네 집에 초대하게 되는데, 이때 이지이에게 자신과 앞으로 함께 일해보지 않겠냐는 제의를 한다.

이 부분에서 이지이가 꽤 의미 깊은 말을 장윤하에게 하게 된다. 사실 별스럽지 않은 말이기는 했지만 나에게 있어서는 개인적으로 꽤 인상적인 느낌으로 다가왔던 대사들이었다. 이지이가 장윤하의 제의에 대해 "나는 고등학교 졸업도 안 했고 머리도 나빠. 그런데 어떻게 너와 함께 일을 할 수가 있겠니?"라고 대답한다. 그러자 장윤하는 "내가 널 아니까 괜찮아. 머리가 나쁜 것보다 마음이 나쁜 게 더 나빠."라고 대답한다.

솔직히 말해 장윤하의 대답은 부분적으로 봤을 때 이지이라는 아이가 좋은 교육을 받지 못했기 때문에 일들을 처리하는 면에 있어서 조금 어리숙할 수 있다는 표현을 우회적으로 인정한 것이기도 했다. 썩 개운하다고 할 수는 없는 말이었지만, 분명히 장윤하가 했던 말은 생각해 볼 점이 있는 특별한 말이었다는 생각이 든다.

"머리 나쁜 것보다 마음이 나쁜 것이 더 나쁘다"는 바로 그 표현 말이다. 우리가 살아가고 있는 세상은 대부분 '능률'을 중시하고 성과 위주의 판단을 하곤 한다. 능력이 많은 사람은 대접을 받고 그렇지 못한 사람은 자연적으로 도태되어야 한다는 식의 생각을 가지고 있는 것 같다. 물론 '능률'이나 '능력'은 산업화 사회와 정보화 사회에서 매우 중요한 요소인 것은 사실이다. 하지만 정확히 얘기해서 그런 것들만 중시하다 보면 매우 중요하다고 생각하는 그 무언가를 놓치게 될 수 있다고 나는 생각한다.

하버드 교육대학원 교수이면서 교육신경과학 분야의 저명한 인사인 '토드 로즈'라는 사람이 있었다. 그는 '변형가능성 프로젝트

PROJECT VARIABILITY'의 공동 창립자로 이름을 날린 사람이었다. 사회적으로 볼 때 남부러울 것 없는 이력을 가진 그는 학창 시절 졸업 점수 미달로 학교를 그만두어야 했던 꼴찌였다. 뿐만 아니라, 그는 중학교 때 ADHD 진단을 받은 문제아이기도 했다. 다른 사람들은 그를 '저능아'로 여겼다. 당연히 그는 친구들로부터 인기가 없었고 심한 괴롭힘을 당하는 것은 그에게 있어 흔한 일이었다. 그런데 이랬던 그가 하버드의 교수가 된 것이다!

능력에 있어서는 다른 사람들에 비해 현저히 열등하다고 여겨지던 그가 사회적으로 저명한 인사가 되기까지 영향을 미친 것은 무엇이었을까? 바로 그의 '마음'이었다. 그는 할 수 있다는 생각을 가졌고 부모 역시 그를 존귀한 사람으로 여겨주었다. 어떤 면에서 보면 '마음'은 '가능성可能性'이다. 사람에게 있는 '능력'은 다른 한편으로는 '한계 지어진' 가이드라인일 것이다. 어떤 사람이건 간에 능력 이상의 힘을 발휘하는 것은 쉬운 일이 아니기 때문이다.

능력 이상의 일을 할 수 있도록 가능성을 부여하고 동기를 자극하는 것은 그의 '능력' 그 자체가 아니라 바로 '마음'인 것이다. '능력'이 없다면 능력을 갖추면 되지만 '마음'이 나쁘다면 어떤 방법으로도 상황을 좋게 만들기가 쉽지 않다.

일전에 TV프로그램 〈다큐프라임〉에서 공부를 못하는 아이들을 조사한 적이 있었다. 이전에 학업 성취도가 낮고 점수가 높지 않았던 사람들 가운데 사회적으로 저명한 인사가 된 성공한 사람들의 공통점을 역추적한 자료들이었다. 과연 그런 사람들에게는 어떤 공통점이 있었을까? 그들의 부모들은 자녀들에게 있었던 한계를 탓하지 않고 언제나 긍정적인 격려를 했던 것으로 드러났다. 결국 좋은 영향을 받았던 그들의 '마음'은 훗날 그들을 사회적으로 성공한 인물들로 만들어 주었다.

'할 수 있다'는 생각, 즉 '마음'은 사람에게 있어서 매우 특별한 영향을 미칠 수 있다는 생각을 한다. 어쩌면 마음이 인간 개인에게 미치는 영향은 단순한 '일'의 연속이나 동기부여 이상의 것일지 모른다는 생각을 한다. 마음은 미래를 바꾼다. 마음이 나쁘다면 아무리 좋은 능력을 가지고 있다고 하더라도 긍정적인 결과를 기대하기 어렵다. 그동안 나 자신은 스스로의 '마음'을 지키기 위해서 얼마나 노력을 기울였는지 생각해 보게 된다.

소희의 생각

마음 안에 과거와 현재와 미래가 함께 공존하고 있다. 마음은 그 어떤 장소로도 갈 수 있고 그 어떤 시간으로도 이동할 수 있다. 이런 면에서 볼 때, 우리의 마음은 '시공時空'을 초월하는 '그 무엇'임을 알 수 있다. 우리는 마음의 창을 통해 상상의 나래를 펼치고, 가능성은 배가된다. 이런 의미에서 볼 때 '마음을 지킨다'는 것은 우리 모두의 행복에 있어서 매우 중요한 문제일 수밖에 없다.

한계 지어지는 마음, 한계를 뛰어넘는 마음

사람들에게 잘 알려진 『바보 빅터 이야기』가 있다. 사실 빅터는 바보가 아니라 멘사Mensa의 회장이다. 우리가 익히 아는 것처럼 멘사의 회원이 되기 위해서는 남들보다 지능적으로나 수리학적으로 특출한 능력을 발휘할 수 있어야 한다. 그런데 '바보'라고 불리던 빅터라는 사람이 멘사의 회장이라는 사실은 의외성을 넘어서 놀라운 일이라고 할 수 있다. 그에게는 어떤 사연이 있었던 것일까?

사실 어려서부터 빅터는 남다른 능력을 가진 사람이었다. 수업시간에 선생님이 나비를 그려보라고 하면 다른 아이들처럼 대략적인 나비의 예쁜 생김새를 그린 것이 아니라 다소 징그럽다고 생각되는 솜털까지 묘사한 것이 그의 행동이었다. 사람들은 그를 음울한 사람, 이상한 사람으로 여기곤 했다. 심지어 그를 저능아 또는 바보라고 부르기도 했다. 하지만 그가 사람들로부터 바보로 불리게 된 데는 또 다른 배경적 이유가 있었다.

사실 그의 아이큐는 어렸을 때나 성장했을 때나 늘 한결같이 매우 높은 지수를 보이고 있었다. 그의 아이큐는 173이었다. 하지만 기록을 담당하던 선생님이 오인하여 그의 아이큐를 '73'이라고 적었고 그는 뜻하지 않게 그때부터 '모자란 아이', '도움이 필요한 아이'가 될 수밖에 없었다. 그는 바보도 아니었고 능력이 부족한 것도 아니었다. 뜻하지 않은 일들로 사람들로부터 한계 지어진 이후, 그는 영락없는 바보로 살 수밖에 없었다. 능력은 변한 것이 없었지만 그의 '마음'이 스스로를 한계 지었다.

이후에 그의 능력을 알아본 다른 교사에 의해 그는 그의 남다른 능력을 재평가받게 되었다. 만약 그가 그의 능력을 끝까지 재평가받지 못하고 마음으로부터 한계 지어진 상태를 계속 가질 수밖에 없었다면 그는 오늘날 같은 유명인사가 될 수 없었을 것이다. 모든 것은 마음 안에 있다. '시간'과 '공간'만 마음 안에 있는 것이 아니라 한 사람의 '가능성'과 '꿈'과 '자긍심' 역시 마음 안의 일부로 녹아 있다.

역으로 생각해 보면 이런 사실들은 다른 사람을 평가하는 나 자신의 태도에도 영향을 미쳐야 한다. 우리는 매사 별스럽지 않은 언어들로 다른 사람들을 평가하거나 누군가를 한계 짓는다. 하지만 우리의 주의 깊지 못한 다른 사람에 대한 평가는 매우 오랫동안 그의 마음을 한계 짓는 결과를 가져오게 될 수도 있다. 우리의 책망은 누군가를 의기소침하게 할 수도 있고 또 누군가에게 '자신 없음'을 만들어 낼 수도 있다. 무엇보다, 누군가를 고치려고 하는 우리들의 시도는 문제를 더 가중시키고 심각한 것이 되게 만들 수도 있다.

다른 사람의 마음을 배려하는 일과 관련하여 나는 어떤 류의 사람일까? 이 부면에 있어서 책임을 면할 수 있는 사람은 사실 아무도 없다고 생각한다. 우리 모두는 '말'로 인해 실수를 하고 오해들을 만들기도 한다. 중요한 것은 스스로가 '그럴 수 있다'는 것을 인정하고 자신의 말과 행동을 겸손히 돌아보는 일일 것이다. 우리 각자는 자신의 모습에 대해 진중해질 필요가 있지는 않을까?

소희의 생각

'마음의 한계'를 만드는 일과 관련하여 특히 주의를 기울여야 할 대상은 바로 나 자신이라고 말할 수 있다. 나는 '아무것도 할 수가 없어', '노력해도 안 될 게 뻔해' 식의 생각들은 모두 자기 자신에게 내리는 '마음의 한계'이다. 실은 주변 사람 그 누구도 나 자신을 두고 그런 평가를 하지 않는다. 자격지심이나 자신에 대한 섣부른 결론은 스스로를 쓸모없는 사람으로 만들어버리곤 한다. 격려와 포용, 허용은 나 자신으로부터 먼저 시작되어야 한다.

한결같은 사람이 된다는 것

사람은 감정의 동물이다. 그런 측면에서 볼 때 사람은 감정의 영향을 받는다고 말할 수 있다. 사람들은 제멋대로에 예측 불가능한 사람을 별로 좋아하지 않는다. 늘 한결같은 사람, 언제나 같은 자리에서 묵묵히 스스로를 지켜나가는 사람을 좋아한다. 감정이라는 것은 어떤 경우 자신을 '한결같지 못하게' 만드는 요소가 되기도 한다.

사실은 이 점은 과거 어느 땐가 나와 관련해서 어느 정도 느껴질 수 있는 딜레마이기도 했다. 감정을 컨트롤하는 면에 있어서 보다 성숙하고 예측 가능한 한결같은 모습을 보일 수 있는 사람이라면 정말 좋겠지만 나는 이 부분에서 부족함이 많았다. 어쩌면 이것은 내가 여자이기 때문에 느끼는 감수성의 민감함 때문일 수도 있다.

사실 매일매일을 똑같이 살아가는 것 같지만 우리는 하루하루를 새로운 일들로 채워간다. 그런 와중에 많은 경험들을 하게 된다. 다양한 경험들은 때론 원치 않는 감정의 소용돌이를 만들어 내기도 한다.

그렇다면 사람으로서 다른 이들에게 한결같기는 그렇게나 힘든 것일 수밖에 없는 것일까? 꼭 그렇지만은 않다. '한결같다'는 것은 감정의 기복을 '전혀 느끼지 않는 것'을 의미하지 않는다. 사람과의 관계에 있어서 한결같다는 것은 '믿을 만한 사람이 되는 것'을 의미한다. 만약 때때마다 느껴지는 기분에 따라서 진실성에 차이가 날 수 있다면 '한결같은 사람'은 아닐 것이다. 감정의 기복과는 상관없이 주어진 환경에 적응하기 위해 힘쓰고 열심히 노력하며 성실함을 보일 수 있다면 우리는 '한결같은 사람'이 될 수 있다. 기분의 좋고 나쁨에 상관없이 다른 사람을 똑같이 대하고 있음을 모든 사람이 느낄 수 있다면 나는 대체적으로 '한결같은 사람'이라고 할 수 있다.

이 부분과 관련해서 솔직히 나 자신을 비춰보면 그다지 훌륭하지 않았던 때도 있었던 것 같다. 피곤한 몸을 이끌고 집에 돌아와서 가족들에게 푸념을 늘어놓거나 짜증을 냈던 기억들도 있다. 가족이라는 이름 때문에 너무나 쉽게 그런 반응을 보인 탓도 있지만, 그때는 내적으로 배워야 할 점이 참 많은 때였다.

생각해 보면, '한결같음'은 '신뢰'이고 '신의'이다. 삶이라는 고통의 바다 위에서 외부의 상황과는 상관없이 다른 사람들에게 나 자신의 본질적인 모습을 언제나 일관되게 보일 수 있는 '정신의 힘'이다. 지금 이 순간, 나 자신은 어떤 류의 사람일지 생각해 본다. 나 자신은 정말 내적으로 강한 사람일까?

소희의 생각

한결같다는 것은 사랑하기 쉽다는 것을 의미한다. 변덕이 죽 끓듯하고 예측하기 어렵다면 아무리 장점이 많고 매력적인 사람이라 하더라도 사랑하기가 쉽지 않다. 한결같다는 것은 때때로 변화가 적거나 혹은 변화가 없는 것으로 오인되기 쉽지만 내면의 한결같음은 사실 그런 것들과는 아무 상관없다. 한결같음은 '신의'의 문제이지 '삶의 장면'의 문제는 아니기 때문이다. 우리는 한결같음을 통해서 더 편안한 사람이 되고 접근하기 용이한 사람이 된다. 어쩌면 우리는 그런 방법으로 익어가고 있는 것인지 모른다.

감정에 돌파구가 있다는 것

사람은 누구에게나 감정의 기복이 존재한다. 누구나 행복하길 바라고 즐거운 일들이 가득하기를 바란다. 하지만 '삶은 어디까지나 삶이다.' 삶은 불유쾌한 일들의 연속이고 때때로 불행한 일들을 맞닥뜨리게 되기도 한다. 그건 누구의 탓도 아니다. 조심한다고 해도 교통사고는 일어날 수 있고 사려 깊은 배려를 한다고 해도 벗들과의 오해는 생긴다.

어쩌면 생길 수 있는 오해들은 실제 문제라기보다는 '견해의 다양성'에서 오는 차이일 수도 있다. 우리는 모두 다른 특성을 가진 별개의 인격체들이기 때문이다. 사실이 그러하다면 밀려오는 감정의 고비들마다 그 위기를 슬기롭게 대처할 수 있는 방법은 없는 것일까? 어떤 사람들은 참는 게 답이라고 말하는 사람도 있다. 참을

'인忍' 자 세 개면 살인을 면한다는 말이 있을 정도로, 감정에 있어 '참아낸다'는 것은 미덕으로 여겨지기도 한다. '인격적 수양' 차원으로 필요하다고 말하기도 한다.

하지만 참는다는 것은 어딘가 모르게 자연스럽지가 않다. 감정과 내면의 차오르는 감정들을 참아낸다는 것은 순리적인 흐름을 막아버리는 것 같은 느낌이 들게 한다. 추가적인 오해나 감정적 갈등을 억지로 막을 수야 있겠지만, 개인적으로 생긴 내상이 사그러들거나 치유되지는 않는다. 감정이 아픈 사람에게 필요한 것은 '참아내는 것'이 아니라 '풀어내는 것'이다. 나는 감정을 어떻게 풀어내느냐가 개인의 내적인 건강이나 앞으로 있게 될지 모를 스트레스를 줄이는 좋은 방법이 될 수 있다고 생각한다.

최근에 나는 그런 치유의 일환으로 '최면 치료'를 선택했다. 다소 생소한 분야이긴 하지만 내 직업이 사람을 접하고 다루는 직업이다 보니 좀 특별한 방법으로의 접근이 필요할 것 같았다. 그리고 이러한 나의 선택은 분명히 효과가 있었다.

솔직히 말해 나는 다른 사람에 비해 눈물이 많은 편이다. 좀 명랑한 구석이 있는 것도 사실이지만 외적으로 비춰지는 것과는 달리 여리고 약한 것이 나의 감성이었다. 어떤 때는 뜻하지 않게 눈물이 터져버려서 나도 어쩔 수 없는 상태가 되기도 했다. 만약 누군가 나를 못 울게 한다면 감정적 압박감으로 인해서 죽을 수도 있다는 생각이 들기도 한다.

돌이켜 보면 나는 또래 여성들이 겪지 않아도 되는 여러 일들을 겪었다. 친엄마의 죽음, 가족의 분열, 암 투병 그리고 살면서 겪고 있는 꽤 비중 있는 문제들에 이르기까지… 아무튼 일일이 언급할 수는 없지만 나를 둘러싼 적지 않은 일들이 존재했었다. 어쩜 감내해야 했던 그런 일들 때문에 나에게 더 깊고 사무치는 눈물샘이 생겼는지도 모르겠다. 격해지는 감정으로 인해서 흘린 눈물은 정말 어찌할 도리가 없다.

좀 전에 얘기했었던 최면 치료를 위해서 사회적으로 저명하다고 알려진 모 교수님을 만났다. 그 교수님이 처음에 나에게 했던 말씀이 있다. 종이에 그동안 스스로를 힘들게 했던 여러 일들을 적어보라는 것이었다. 교수님의 말씀대로 나는 그간의 삶에서 내 영혼을 흔들거나 힘들게 했던 여러 가지 일들을 적어내려가기 시작했다. 물론 거기에는 이미 언급되었던 엄마와의 일이나 어지러웠던 가정사에 대한 이야기들이 포함되었다.

교수님께서는 처음엔 아무 말씀도 없으셨다. 그냥 '하' 하면서 깊은 한숨만 내쉬셨다. 아마도 그간의 험난했던 삶의 여정이 교수님께도 많이 가엽고 안쓰럽게 느껴지셨던 것 같다. 교수님께서는 내게 말씀하시기를 아무리 정신적으로 강하고 스스로를 잘 컨트롤하는 사람일지라도 이런 여러 상처 안에서는 힘들 수 있다고 말씀하시는 거였다. 낮게 깔리는 교수님의 음성을 뒤로하고 자꾸만 내 눈에서는 알 수 없는 눈물이 흘러내렸다. 교수님은 최대한 빨리 상담을 진행해보자고 하셨다.

사람 가운데 치료나 치유가 필요치 않은 사람은 사실 아무도 없다. 대부분의 사람들이 비정상이거나 정신적 이상이 있기 때문이 아니라, 그것이 '정상'인 것이다. 삶의 기복은 나에게만 존재하는 것이 아니다. 모든 사람들은 자신의 삶에 고통들을 감내하며 삶의 무게들을 힘겹게 이어나가고 있다. 이것이 바로 모든 사람들에게 '토닥토닥'이 필요한 이유이다.

소희의 생각

사람들은 모두들 자기 자신에 대해서 '특별성'을 부여한다. 자신의 삶의 스토리에 대해서 애틋하고 미어지는 감정들을 가지고 있다. 하지만 자세히 뜯어보면 그러한 삶의 고뇌와 내면의 괴리감들은 나에게만 있었던 것들은 아니다. '인고의 세월'을 거친 삶은 분명히 더 성숙한 빛을 낼 수 있지만 그런 성숙의 과정에서 '치유' 또한 반드시 필요한 과정이다. 우리 중 '특별한 사람'만이 다른 사람을 위한 '토닥토닥'이 되어야 하는 것은 아니다. 위로는 모두가 해야 하고 모두가 필요하다.

친구, '그 아련한 이름'

얼마 전 초등학교 동창들을 만났다. 오랜만의 만남이었다. 여름이 첫 시작될 무렵 예쁜 커피숍에서 그 아이들을 만났다. 친한 친구들을 자주 보면 좋으련만, 거의 1년 만에 그 아련한 친구들을 만났다. 단짝 친구들이었던 이 친구들을 만나면 기분이 참 편안해진다. 어린 시절의 기억들 때문일까? 아니면 함께하고 있다는 애틋한 느낌들 때문일까?

웬일인지 그 아이들과 이야기하다가 그날은 별안간 울음을 터뜨리고 말았다. 그렇게 시작된 눈물은 친구들에게도 전해져 아이들도 따라서 눈물을 흘렸다. 생각해 보면 여자 셋이 뭐한 건가 싶지만 아이들과의 그런 교감이 나로선 엄청 행복하게 느껴졌다. 친구란 참 소중한 존재라는 생각을 하게 된다. 식구들에게 털어놓지 못하는 이야기들도 친구들에겐 오롯이 털어놓을 수가 있다. 식구들 흉을 보는 것 같긴 해도, 그래도 그런 자리가 아니면 언제 내 마음의 것들을 이야기할 수 있겠는가? 누구에게나 친구란 그런 존재이다.

나도 누군가에겐 참 편한 친구 같은 존재였으면 하는 생각이 있다. 비록 그 사람이 나의 친구가 아니고 그냥 스치듯 만났던 사람이라 하더라도, 나에게 느껴지는 향기가 그 사람에게 포근한 향기가 되어 친구 같은 친근함을 줄 수 있다면 그것이 바로 '토닥토닥'이 아닐는지….

소희의 생각

누군가의 친구가 되어 준다는 것은 그에게 대단한 선물을 주는 것과 같다. 편안함과 안정감을 누군가에게 줄 수 있다는 것만으로도 우린 흔치 않은 삶의 기쁨을 주고 있다고 말할 수 있을 것이다. 물론 친구는 다정한 존재이면서 동시에 신중한 존재이기도 하다. 아무나 붙잡고 '친구하자'는 식의 이야기로 친구가 되진 않는다. 누군가의 친구가 된다는 것은 평생의 위로의 근원이 되기로 결심하는 것이다. 어쩜 우린 그런 하늘로부터의 소명 하나쯤 가지고 태어난 존재들일지도 모른다.

동질감이 주는 아늑함, 애틋함

나와 단짝 친구인 두 친구 이야기를 좀 더 해보려고 한다. 다소 개인적인 이야기들이 포함될 것 같아서 편의상 A친구, B친구 정도로 표현해야 할 것 같다. 좀 어색하고 딱딱한 느낌이 들지만 말이다. 사실 우리 셋은 초등학교 동창이면서 공통점을 가진 친구들이었다. 나는 엄마가 일찍 이혼을 하시고 새엄마와 살아야 했던 기억이 있는데, 나머지 두 친구도 비슷한 가정 환경을 가지고 있었다. 그만큼 우린 비슷한 아픔 가운데 자랐다.

A는 아빠가 새아빠였다. 오빠와 남동생이 배다른 식구였고, 새아빠와 엄마 사이에서 태어난 또다른 여동생이 있었다. 그런데 자신만 아빠가 달라서 힘들어했던 기억을 가지고 있었다. 이상하게도 친엄마는 자신과 여동생을 차별했다고 한다. 그때문에 마음에

상처가 생기고 말았다. 사실 그 아인 지금도 엄마를 좋아하지 않는다. 새아빠가 이 친구를 괴롭혔던 일도 있었다. 어른이 되어 돌이켜 보니 자신을 성적으로 희롱했던 것이라는 걸 알게 되었다고 한다.

A는 결혼을 빨리 했다. 그 많은 상처 가운데서도 꿋꿋하게 잘 자라서 지금은 교사로 일하고 있다. 가정에서는 살뜰히 잘하는 엄마이자 아내가 되었다. 그 아이는 첫 번째 결혼을 실패하고 재혼을 했다. 재혼한 남편은 고아인데 전 남편의 가족 식구들 때문에 너무 힘들어해서인지 아예 가정이 없는 사람을 선택한 것 같기도 하다. 남편이 A에게 잘해주고 있어서 너무나 잘 지내고 있단다.

또 다른 단짝 친구 B는 이란성 쌍둥이 중 하나였다. 어릴적 우리가 살던 동네는 가난한 동네였다. 어쩌다 우리 셋이 같은 마을에 살게 되었는지, 그리고 어쩌다 같은 환경의 세 아이들이 친구가 되었는지는 우리도 잘 모른다. 하지만 우린 그때도 마음이 무척 잘 맞았던 것 같다. B도 나와 비슷하게 새엄마와 아빠 사이에서 맘고생을 한 친구였다. 새엄마는 B를 많이 구박했다고 한다. 아이러니하게도 아빠는 친아빠이면서도 B에게 학비를 잘 마련해 주지 않았다. 하지만 정작 자신은 좋은 옷을 사 입고 다니면서 사람들에게 자랑을 했었다고 한다.

우리 때에는 '육성회비'라는 게 있었다. 지금도 비슷한 게 있다고는 들었는데, 당시 B의 부모님은 B에게 육성회비를 비롯해서 재정적인 지원을 해주지 않았다. 그것이 오늘날까지 많은 상처로 남아 있다. 우린 어렸을 때 서로 힘들면 A네 집에 가서 함께 잠을 자기도 했다. 내가 아빠에게 혼난 날은 B네 집을 찾아가서 엄청 울었던 기억도 있다. 그만큼 우리들은 서로에게 의지하고 있었다.

B네 집 파란색 쇠문을 열었을 때 나던 '끼이이' 하던 소리가 아직도 귀에 들리는 듯하다. 우리 집은 약간 위에 있었고 B네는 약간 아래에 있었다. 이 아이는 푸근함이 있어서 남의 이야기도 잘 들어주었다. 그때도 나를 안아주고 이야기를 들어주어서 고마웠던 마음이 아직도 있다.

어쩜 내가 그녀들을 만났을 때 눈물이 났던 게, 그저 막연한 감정 때문은 아니었던 것 같다. 우리에겐 우리만의 동질성 같은 게 존재한다. "우리는 좋은 환경 가운데서 자라진 못했지만, 각자 좋은 엄마가 되어서 최선을 다해서 살고 있구나."라는 이야기를 하곤 한다. 솔직히 말해 자주 보지는 못한다. 하지만 1년 만에 만나도 그녀들과 함께라면 편안한 느낌이 든다.

함께하는 동질감이 우리들을 포근히 감싼다. 그리고 나는 그 편안함에 기대어 과거를 다시금 회상해 본다. 우린 그래도 참 잘 자란 것 같다는 생각이 든다.

소희의 생각

동질성은 우리를 가장 포근하게 '토닥'이는 이유가 된다. 나와 비슷한 누군가가 있다는 그 사실 하나만으로도 우린 마음속 깊은 곳에서 가슴을 쓸어내리듯 위로를 얻는다. 알고 보면, 우린 모두가 동질성을 가지고 있기도 하다. 잘 살펴보면 누군가를 위로할 동질감 하나씩은 마음 안에 품고 있다는 걸 알게 된다. '공감대'를 느낄 수 있는 '동질성'을 찾는 것은 어쩜 누군가를 향한 '사랑'의 첫걸음일지 모른다. 그런 노력들 하나하나가 모여 우린 꽤 아름다운 '사랑의 옷'을 짓는다.

내 안의 가시

'가시나무'라는 노래의 가사를 기억하는 사람이 좀 있을 거라는 생각이 든다. 그 가사의 일부는 이렇다.

"내 속엔 내가 너무도 많아서 당신의 쉴 곳 없네. 내 속엔 헛된 바램들로 당신의 편할 곳 없네. 내 속엔 내가 어쩔 수 없는 어둠 당신의 쉴 자리를 뺏고 내 속엔 내가 이길 수 없는 슬픔 무성한 가시나무 숲 같네."

이 노래를 부른 사람이 크리스천이라고 한다. 그리고 여기서의 '당신'이 하나님이라는 말을 들었다. 사실, 누군가의 믿음의 대상이 된 '신'이 아니라 해도, 내면의 가시가 많으면 누구든 가까이 하기가 힘들다는 생각을 한다.

사실, 나는 매일을 기도한다. 누구에게든 스스럼없고 우정적인 사람이 되게 해 달라고 말이다. 하지만 내게 있는 가시가 누군가의 마음을 닫아 버리게 하는 경우가 있다는 것을 문득문득 느끼게 하는 순간들이 있다. 나 역시 정말 부족한 사람인 것이다. 처음에는 자신을 향해서 박혀 있어서 아팠던 가시들, 그 가시들을 뽑아서 그대로 버리지 않고 다른 사람들에게 향하게 하는 경우가 종종 있다.

나 역시 그런 부면들이 있었다. 어린 시절 나를 아프게 한 가정사로 인해 생긴 마음의 상처는 스스로를 자기 방어적이게 만들기도 했다. 그런 면들을 극복하기 위해 얼마나 많은 노력을 했는지 모른다. 내 안에 박힌 가시가 상대방을 찌르는 가시가 되는 상황은 정말 안타까운 현실이다.

자신에게 있는 가시를 빼내는 좋은 방법은 없을까? 나는 그렇게 하기 위해 어느 정도의 '작업'이 필요하다고 생각한다. 우선적으로, 자신의 감정에 '이름'을 짓는 것이 중요하다. 내 감정을 들여다 보기 위해서는 그 '감정'에 대해 스스로가 부르는 칭호가 있다면 좋다. 처음은 '섭섭' '서운' '미안' 등의 이름들이 붙을 수도 있다. 마음의 상태에 따라서 말이다.

또한, 나의 감정만 그런 식으로 바라볼 것이 아니라, 나와 관련이 있는 다른 사람의 감정에 대해서도 바라볼 수 있어야 한다. 그것은 일종의 배려이다. 서로의 감정에 이름을 잘 지어주어 '저 사람이 나에게 이렇게 말하지만 그 안에는 다른 감정이 있구나' 라는 것을 알아차릴 필요가 있다.

다음으로 필요한 것은 '눈물'이라고 생각한다. 나에게 눈물이 없었더라면 지금만큼 내적으로 건강하지 못했을 거라는 생각도 든다. 눈물이 좀 많은 편이어서 가끔 불편하기도 하지만 이것이 나를 보호하고 치료해 주는 좋은 역할을 하기도 한다는 걸 나는 안다. 스스로를 건강하게 만들기 위한 나만의 방법이 된 것 같다. 눈물이 아니었다면 나는 감정적으로 좋지 않은 상태가 되었을는지도 모른다. 실제로도, 눈물을 흘릴 때의 호르몬이 사람에게 좋다고 한다. 웃음치료가 좋다고 했는데 오히려 사람을 치료하는 것은 눈물이라고 한다. 가끔은 눈물이 많은 나에게 감사한다.

♡ 소희의 생각 ♡

내면의 가시가 나에게 상처를 줄 무렵, 나는 많이 울었다. 그 눈물은 가시를 녹여 상처가 깊지 않도록 해 주었고, 가시가 잘 빠질 수 있도록 해 주었다. 결국 그 시절 흘린 그 눈물은 훗날 다른 이들의 상처를 어루만지는 '연고'가 되었다.

슬픈 것도 괜찮아

사랑하는 누군가와 〈인사이드 아웃〉이라는 애니메이션을 본 일이 있었다. 그 영화에는 라일리라는 11세 소녀가 나온다. 아주 특이한 등장인물들이 나오는데, 그 소녀의 머릿속에 있는 '감정 컨트롤 본부'를 움직이는 개체들이다. '기쁨, 슬픔, 버럭, 까칠, 소심이' 등의 다소 특별한 캐릭터들이 등장한다.

맨 처음 태어난 아이는 '기쁨'이였다. 부모가 태어난 라일리를 보면서 '사랑하는 아무개'라고 하자 '기쁨이'가 생겼다. 이후에 라일리가 '응애' 하고 울자 '슬픔'이가 생겨났다. '버럭'이는 라일리가 태어나 어느 정도의 시간이 지나고 나서 화를 내면서 나타났다. '까칠'이는 라일리의 아빠가 브로콜리를 먹으라고 했을 때 '이건 내가 왜 먹어야 해?'라고 따질 수 있는 아이, '소심'이는 라일리가 놀다가 전깃줄 같은 것들을 보았을 때 위험한 신호들을 인지해 알려주는 아이이다.

이 감정의 아이들은 라일리가 행복하기를 바란다. 그리고 모두 각자의 '영역'이 있다. 그리고 이 모든 것을 컨트롤하는 친구가 '행복'이라는 아이이다. 아무튼 이 영화의 설정 자체가 매우 독특하고 흥미로워서 나도 관심을 갖고 지켜보았다. 사람의 심리적이면서 감정적인 부분을 이렇게나 적나라하고 재밌게 표현한 영화는 이전엔 없었다는 생각도 든다.

라일리의 뇌 속에는 잠재의식, 상상 속의 꿈, 감정본부, 우정의 아일랜드, 하키 아일랜드, 가족의 아일랜드, 엉뚱이 아일랜드가 있다. 뇌 속의 핵심 본부가 감정본부이다. 라일리가 그 감정이나 기억들이 별로 필요하지 않다고 생각하면 쓰레기장으로 가서 지워져버린다. 기억 속에서 사라지게 되는 것이다.

영화 속에서 라일리는 11살이 되었다. 행복한 집안이었는데 갑자기 샌프란시스코로 이사를 하게 되어버렸다. 자신과 상상과는 다르게 집도 좋지 않고 친구도 없었다. 라일리가 슬퍼지려고 하자, 버럭이가 "내가 나설 차례야 집이 이따구야!"라고 하면 기쁨이가 "그럼 안 돼."라고 달랜다. 버럭이가 분노가 눌러지면 짜증이 났다고 기쁨이가 다시 "여기에 뭔가 해놓으면 좋아질 거야!"라고 또다시 달랜다. 기쁨이는 라일리가 행복하기를 바란다. 그런데 지금 현재 새로운 환경 때문에 힘든 것이다.

그래도 라일리는 감정을 추스르고 기쁜 마음으로 학교를 간다. 선생님이 라일리에게 자기소개를 하라고 말하자, 소심이가 말한다. "첫날부터 난리 났어. 어떻게 하지?" "괜찮아, 할 수 있어."라고 한다. 자기소개를 하게 되면서 이사를 왔다고 하니 선생님이 "좀 더 할 이야기가 없니? 그곳은 어떤 곳이니?"라고 물었다. 여기서부터 뭔가 사건이 시작된다. "그곳은 호수가 있었고 겨울이면 하키를 했고 친구랑 무엇을 했어요."라고 과거를 회상하면서 감정이 가라앉자 '슬픔'이 움직이기 시작했다. 슬픔이가 기억을 만지자 기억구슬이 슬픔이의 파란색으로 변하면서, 행복한 기억이 슬픈 기억으로 변하게 되었다. 기쁨이는 못 하게 말리면서 "이걸 만지면 안 돼! 핵심기억장치를 만지면 다 슬픔으로 변해."라고 채근한다.

영화가 여기까지 진행될 무렵, 생각할 수 있는 점은 바로 이것이었다. '과연 슬픔은 '행복'에 전혀 도움이 안 되는가?' 하는 것이다. 실은 이 영화는 슬플 때 '슬퍼해야'만 행복할 수 있다는 점을 이야기하고 있다. 기쁨이는 처음에 이것을 몰랐던 것이다. 그래서 동그라미(한계선)를 그려놓고 슬픔에게 나오지 말라고 한다. "넌 여기서 나오면 안 돼!"라고 단호하게 이야기한다.

하지만 '슬픔'은 기억장치를 만지려고 한다. '슬픔'이를 말리며 실랑이를 벌이는 사이 기쁨이와 슬픔이가 실수로 '장비 통' 속으로 빨려 들어가게 된다. 둘이 사라지자 라일리는 아무것도 느끼게 못하게 된다. 학교를 다녀와서 엄마가 학교생활에 대해서 물어보니, 남은 세 친구가 서로 우왕좌왕거리기 시작한다. 까칠이가 “그냥 좋았어요.”라고 말한다. 그때 엄마의 뇌가 나오면서 뇌의 감정친구들이 이야기를 하가 시작한다. 엄마가 아빠를 바라보자, 아빠의 뇌 속에는 친구 이야기가 가득하고 있다. 아빠의 감정 친구 소심이가 나타나 “내가 쓰레기를 안 버렸나?”하면서 혼란스러워 한다.

빨려 들어간 기쁨과 슬픔이 라일리의 핵심본부에 돌아가야 하는데 그러질 못하고 그 둘은 다른 곳에서의 여정을 보낼 수밖에 없다. 일상생활과 뇌 속의 모습이 번갈아 가면서 나타나 공감을 일으키는 장면들이 있었다. 웃음이 났다. 사실 라일리가 아무것도 느끼지 못한 상태는 ‘감정이 억압’된 상태라고 할 수 있었다. ‘감정본부’에서 슬픔과 기쁨이 아예 사라져 버려 삶이 무미건조해지는 것이다.

라일리는 학교 가는 것도 싫고, 예전에 살던 곳으로 가고 싶어 가출을 마음먹기도 한다. 기쁨이와 슬픔이가 이를 알고 본부로 빨리 돌아가려고 한다. 그 과정에서 기쁨이가 이런 이야기를 한다. “라일리가 처음에 하키를 해서 친구들이 헹가래를 해주어서 행복하지 않았니?”라고 말하자 슬픔이는 “아니야, 그때 라일리는 슬펐어.”라고 대답한다. 기쁨이가 “왜?”라고 반문하자 “사실은 그때 그 팀이 져서, 라일리는 슬펐어.”라고 말한다.

기쁨이가 어느 날, 기억구슬을 봤더니 라일리가 혼자 나무에 앉아 울고 있었다. 자신이 중요한 역할을 했는데 자신의 팀이 슬퍼하고 있을 때 부모님이 라일리를 위로해주는 장면이 나오고 기뻐해주는 장면이 나온다. 그때 기쁨이는 깨닫게 된다. "삶의 장면들은 꼭 행복했던 것만 필요한 건 아니구나." 기쁨이는 이전 시간 슬픔이가 라일리의 감정을 안아주고 나서 감정적 안정을 찾았던 걸 기억해 낸다. 라일리를 행복하게 하려면 '충분히 슬퍼하게 해야겠구나.'라는 걸 깨닫게 된다. '행복해지기 위해 슬픔이 필요할까?'라는 물음에 대해 많은 것을 생각하게 하는 좋은 영화였다는 생각이 든다.

돌이켜 보면 '슬픔'도 자기 자신의 것으로 받아들여야 한다는 걸 우린 알게 된다. 그렇지 않고서는 행복해질 수 없다. 그것이 중요하다. 정말 힘든 상황에서 친구가 너답지 않다고 했을 때, 나다운 것이 도대체 무엇이냐는 것이다. 나는 지금 너무 슬프고 힘드니 이 상황에서 우는 것은 건강하다고 이야기한 기억이 있다. 슬플 때 아플 때 제대로 표현해야 한다. 참고 아닌 척 살면 나중에 뼈가 어그러지면서 잘못 붙게 된다.

나의 감정은 나에게 무엇을 말하고 있을까? 지금 이 순간 나에게 필요한 것은 무엇일까? 많은 것을 생각하게 된다.

소희의 생각

우린 슬퍼지기 싫어하고 아파하기 싫어한다. 하지만 살면서 그런 일들을 온전히 피하기란 불가능하다. 중요한 점은 슬픔도 행복에 기여한다는 사실이다. 우리의 슬픔은 '나'라는 존재 자체를 더 명확하고 의미 있게 보도록 한다. 인생의 진지함은 나를 더 성숙한 존재가 되게 한다. 그렇게 나는 더 '나다운 나'가 되어간다.

"사랑한다고 다 행복한 건 아니야"

– 사랑하는 것과 살아가는 건 다르다

나에게도 한때 사랑하는 사람이 있었다. 그 사람을 처음 만난 것은 어느 크리스마스가 지난 12월 28일이었다. 한 해가 지나기 2~3일 전에 본 것이다. 그땐 좀 외로웠던 것 같다. 남자친구도 없었다. 내가 아는 영어 스터디 모임이 있었다. 외국인 친구 사귀는 모임이었는데 연말에 파티가 있다고 했다. 그때 나는 머리가 길고 앞머리가 있었다. 지금도 생각이 나는 의상이, 빨간색 스웨터에 체크무늬가 있는 짧은 주름치마… 일본 여고생들이 입는 옷과 비슷했다. 거기에 머리띠를 하고 부츠를 신고 그 파티엘 갔었다.

지금은 좀 촌스런 느낌이지만 내가 어릴 때에는 나름 세련된 스타일이었다.(그냥 그리 믿고 싶다) 지금은 정장스타일을 좋아하지만 그때는 깜찍 발랄한 스타일이 좋았던 것 같다. 파티 모임에서 사방을 둘러보는데, 건너편에 그 남자가 앉아 있었다. 생각해 보면 너무나 자연스럽게 서로에게 이끌렸던 것 같다. 짧은 대화가 시작이 되고 서로 직업을 물어보았다. 그때 나는 학생을 가르치던 선생님이었다. 자신은 미국 증권 회사 주식 트레이너라고 이야기를 했었다.

남자는 순수하고 똑똑해 보였다. 그리고 눈빛이 특히 순수했던 느낌이 있었다. 한참을 파티에서 시간을 보내다가 장소를 옮기기로 했다. 그 사람이 나를 바라보는 눈빛을 보니 나에게 관심이 있구나 하는 생각이 바로 들었다. 여자만의 '촉'이랄까? 암튼 그때는 그런 게 느껴졌던 것 같다. 다음 모임 장소에서는 그 친구가 내 옆에 앉았다. 알고 보니, 나보다 3살이 어렸다. 나한테 '누나'라고 하면서 다가왔다. 만난 지 첫날인데 사람들이 둘이 잘 어울린다고 말했다. 우리 둘은 그냥 쭈뼛거렸다.

그냥 그 사람은 약간 귀엽고 천진난만한 느낌이었다. 처음부터 뭐 엄청 관심 있거나 하지는 않았더랬다. 그러고 나서 노래방을 갔는데 사람들 먹으라며 음료수를 사 가지고 왔다. 다른 사람들도 많은데 그 음료수를 나 때문에 사온 것이었다. 그 후에 그 친구와 친해지고 안 거지만, 그 친구는 짠내 진동하는 짠돌이였다. 그때는 큰마음을 먹고 나에게 잘 보이기 위해서 음료수를 사온 것이었다.

친구들과 신나게 놀고 나서 나를 차 있는 곳까지 데려다주겠다고 했다. 그때 내가 목도리를 하고 있었는데, 그 친구가 내 목도리를 만지면서 "잘가~"라고 이야기를 했다. 뭔가 천진한 느낌, 풋풋한 느낌… 이런 느낌들이 한꺼번에 느껴졌다. 표현이 좀 우습긴 하지만 강아지들이 주인 쳐다볼 때의 시선 같은 게 느껴졌다.

며칠 후에 그 친구에게 전화가 왔다. 떨리는 목소리로 "좋아한다. 만나고 싶다."라는 이야기를 했다. 처음엔 "나는 누군가를 사귀고 싶은 마음이 없다. 편안하게 보는 것은 좋지만, 남자친구 여자친구로 사귀고 싶지 않다."라고 조금은 쌩~ 하게 대답했다. 그 친구는 실망하지 않고 "알았다. 그렇게 하자."라고 했고 조금은 어색하지만 '그냥 친구'로서의 우리의 만남이 시작되었다.

하지만 우리는 '그냥 친구'라고 말하면서 '애인' 같은 사이로 발전하고 있었다. 며칠이 지나고 영화를 같이 보았고, 같이 저녁을 먹고 헤어졌다. 며칠 후엔 집 앞에 찾아와서 만났다. 그렇게 익숙해진 뒤 우린 정식으로 사귀는 사이가 되었다. 그 사람은 나를 "많이 예쁘다."고 해 주었고, 내가 자신의 여자친구임을 너무나 자랑스러워했다. 어디를 가면 꼭 손을 잡고 가자고 했고 에스컬레이터를 타면 사람들 보는 앞에서 과시하고 싶어서 "뽀뽀하자.", "손을 잡자."는 말을 했다. 당시엔 너무 행복했던 기억이었다.

우린 같이 헬스장을 다니기도 했다. 사람들 많은 곳에서 신발 끈 묶어주고, 사람들이 그 친구를 쳐다보면서 "저 남자 뭐지?"라고 말할 정도로 나에게 잘해주었다. 그런 모습들이 너무너무 좋았다.

양평에 가면 두물머리라는 곳이 있다. 그곳에서 불을 넣어서 돌리는 '쥐불놀이'를 하기도 했고, 그곳 한옥집 어딘가에 있는 그네를 밀어주며 깔깔거리던 기억도 있다. 함께 영국, 사이판, 제주도 여행을 가서 행복한 시간을 보내기도 했다.

우린 사람들이 징그럽다고 할 정도로 닭살 커플이었다. 돌이켜보면 진짜 사랑했던 사람은 그 사람 하나였던 것 같다. 눈길이 스쳤던 사람은 있었지만 유일하게 그 사람을 사랑했다는 생각이 든다. 그래서 그 사람과 평생을 함께할 줄 알았다. 하지만 우린 그렇게 영원한 사이가 되진 못했다. 좀 더 가까운 사이가 되고 보니, 그 사람은 '순수하다'는 수식어가 어울리게 너무나 천진하고 철이 없었다. 애인이라기보다는 동생이나 아들이라고 해도 좋을 만큼 나를 부담스럽게 했다.

무엇보다 감정적인 공감이 어려운 사람이었다. 그 사람은 좋은 사람이었고 착한 사람이었지만 다른 사람과의 소통의 어려움이 있었다. 이런 문제들은 항상 어린 시절의 이야기가 탈이다. 인생을 살면서 가족으로부터 감정의 공감을 받지 못하고 자란 그는 방법을 알지 못했다. 감정을 정의하고 표현하는 법, 올바로 감정을 느끼는 법, 그러다 보니 다른 사람의 감정을 이해하고 공감할 리가 없었다. 하지만 그의 사랑만은 진실했음을 나는 안다. '사랑해서 너무 괴롭다'라는 표현이 맞을까? 사랑해서 헤어진다는 그 말이 난 무슨 말인지 안다. 사랑하는 사람에게 공감받지 못하고, 함께 마음을 나눌 수 없는 고통은 차라리 그 사람과 이별하는 아픔을 감내하게 한다. 그를 사랑하지 않아서 떠난 것이 아니다. 사랑하기에 떠난 것이다.

헤어지는 그 순간까지 그 사람은 나를 끝까지 사랑했다. 그 사람과 헤어짐을 결정할 때는 마음이 정말 아팠다. 그 사람의 순수함은 알고 보니 '무지함'이었다는 생각도 든다. 순수가 아니라 순진인 것이다. 감정을 모르는 것이다.

사랑하지만 이 사람과 함께할 수는 없는 슬픈 현실이다. 정서적인, 지적인 교감을 할 수 없다면 아무리 사랑한다고 한들 행복할 수가 없다. 그 사람을 사랑하면서 내가 깨달은 것은 사랑한다고 해서 다 같이 살 수 있는 것도 아니고 다 행복할 수 있는 것도 아니라는 사실이다. 이제 나는 어린 나이도 아니다. 같은 곳을 바라보고, 서로를 이해할 수 있는 사람을 만나는 것이 아니라면 혼자 사는 것도 나쁘지 않다고 생각한다. 좀 외롭긴 하겠지만 말이다.

소희의 생각

사랑하는 사람과 함께할 수 없다는 것은 정말 슬픈 일이다. 하지만 꼭 함께해서 행복할 수 없다면 먼발치에서 그 사람의 행복을 빌어주는 것도 삶을 사는 하나의 방법이다. 사랑은 익어간다. 그러나 그 사랑이 어떤 열매를 맺을지는 아무도 알 수가 없다. 우린 그저 사랑에 충실할 뿐이다.

때론 현실 이면의 시각도 필요하다

어떤 정신병자가 있었다. 그리고 이 사람을 돌보던 의사가 있었다. 아픈 남자는 대기업의 회장이었는데 사업이 실패한 후 부인도 떠나고, 삶은 풍비박산이 되었다. 가난해지고 아무것도 없는 사람이 되었다. 이 사람은 자신의 그 상황을 견디지 못했다. 자신이 겪고 있는 현재 현실을 받아들이기 어려워지자 그의 무의식은 그의 시각을 가려버렸다. 정신적인 문제는 그래서 생긴 거였다.

본인의 상상을 현실로 생각해 버리는 것이 그의 문제였다. 그런데 이런 그 사람을 그를 담당하고 있던 '정신과 의사'가 고쳐주었다. 이전의 정신 이상 증세를 보이던 그 사람은 진정으로 불행했다고 할 수 있을까? 사실 그건 아무도 모른다. 그냥 그 사람은 그 사람의 삶을 산 것뿐이었다. 남들이 보기에는 불쌍해 보일 수 있으나 자기 세계에서 사는 그 사람은 전혀 불행하지가 않았다.

결국, 의사는 그의 정신을 고치고 그 사람은 자신의 삶을 직시하게 되었다. 그런데 현실의 험난함을 알아버린 그는 별안간 자살을 하고 만다. 이제 우리가 생각할 수 있는 것이 있다. 그것은 '그 사람을 고친 것은 옳은가?'라는 문제이다. 이건 단순히 옳고 그름의 문제로 볼 수 없는 것 또한 사실이다. 의사는 의사로서의 본분을 다한 것뿐이기 때문이다.

진정한 '고침'이란 무엇일까? 누군가에게 살아가야 할 의지와 힘을 실어 주는 것이다. 그것이 비록 비현실적인 것이라 해도, 누군가에게 살아 있어야 할 이유와 동기를 주는 것이라면 나는 그것이 옳다고 생각한다. 마음은 아프지만 내가 사랑하는 누군가를 놓아주었던 것처럼, 누군가에겐 '초연히' 그 사람만의 길을 가도록 허용하는 것 또한 필요하다. 물론, 논란의 여지는 있다. 하지만 '살아있는 것'… '생존'이라는 화두보다 우선하는 것은 세상에 존재하지 않는다.

현실을 보여 주는 것과 현실을 인정하는 것은 또 다른 문제라는 생각도 든다. 어떤 사람에게 '세상'은 '보이는 것'이지만 도저히 '받아들일 수 없는 것'이 될 수도 있다. 아프기 때문에, 힘들기 때문에 그럴 수 있는 것이다. 진정한 토닥임은 현실을 보게 하는 것이라기보다는 '살아가야 할 이유'를 주는 것이라는 생각이 든다.

소희의 생각

누구에게나 환상은 존재한다. 우린 너무나 쉽게 드라마나 영화를 보면서 '백마 탄 왕자'를 떠올리기도 하기 때문이다. 문제는, 현실적인 문제들과 그러한 상상을 구분해 낼 수 있느냐이다. 현실을 '깨닫게' 해 주는 것은 엄밀히 말해 우리의 몫이 아닐는지도 모른다. 우리가 할 수 있는 건 그저 현실을 '보여주는 것'이다. 보여준 뒤에 우리가 할 일? 그건 '살아가야 할 이유'를 들려주는 것이다. 이것이 진정한 '토닥토닥'의 기본일 것이다.

진짜 사랑한다면, 상대방의 언어로 말해주세요

어느 책에선가 읽었던 기억이 있다. 사랑에는 5가지 언어가 있다고 한다. 언어는 소통이다. 언어는 소통의 아주 가장 기본적인 도구이다. 물론 표정, 몸짓 같은 것으로도 우린 소통을 한다. 하지만 언어만큼 유용하고 널리 쓰이는 것도 없다. 사랑에도 이와 같은 언어가 있다는 것이다.

그 언어 중 첫 번째는 '말'이다. 어떤 말? 칭찬, 비난, 부정 등의 말들이 있지만, 여기에서 말하는 것은 '인정하는' 말이다. 즉, 수긍해주는 것이다. 어쩜 이걸 '공감'이라고 하는지도 모르겠다. 두 번째는 '함께하는 시간'이다. 어떤 경우 사랑하는 사람은 단지 옆에 있어주는 것만으로도 도움이 된다. "나는 너를 사랑해"라고 말하면서 특별한 이유도 없이 1년 동안 만나주지 않는다면 그것을 '사랑한다'고 말할 수 있을까? 그렇지 않을 것이다. '함께하는 시간'이라는 것은 그 사람과 무언가를 '함께한다'는 것이다. 영화를 본다든지, 밥을 먹는다든지, 산책을 하는 것 등등 이 사람과 뭔가 같이하고 싶은 것을 하는 것을 말한다.

세 번째 사랑의 언어는 '선물'이다. 누군가를 좋아하면서 뭔가 주고 싶어 한다는 것은 그 사람을 사랑하고 있음을 말하는 것인지도 모른다. 꼭 비싼 것, 반짝이는 것일 필요는 없다. 짧은 편지 하나, 핸드크림, 아주 작은 수첩, 그 사람을 생각해서 길거리에서 꺾은 꽃 한 송이여도 좋다. 선물은 곧 마음이다. 마음이 담겨 있는 무엇인 거다.

네 번째는 '봉사'이다. 자신의 필요를 기꺼이 희생해서 누군가의 입장을 배려해 주는 것. 우린 이걸 봉사라고 부른다. 꼭 남녀 관계가 아니라 해도 우린 얼마든지 이 봉사를 통해 사랑을 전시해 나갈 수 있다. 그 사람을 위해서 나를 희생하는 마음인 것이다.

그리고 다섯 번째, 그것은 '육체적인 접촉'이다. 성적인 접촉을 말하는 게 아니라, 손을 잡는 것, 머리를 쓰담는 것, 토닥토닥 해주는 것이다. 나도 사랑하는 사람들과 스킨십을 많이 하는 편이다. 사랑의 언어가 '육체적인 접촉'이기 때문이다. 이 다섯 개를 모두 잘 구사하면 얼마나 좋겠는가? 그치만 사람에게도 나름 잘하는 언어의 방법들은 있는 것 같다.

내가 읽은 이 책에서는 치명적인 사랑의 오류가 있다고 했다. 나의 사랑의 언어가 '인정'일 때, 상대방은 내가 '인정'하는 말을 모를 수 있다는 것이다. 그런 경우, 상대는 흔히 '봉사'나 다른 형태로 자신의 사랑을 전달하게 된다. 나의 사랑의 언어는 '인정'하는 말인데, 상대방이 내 언어가 아닌, 자꾸 본인의 사랑의 언어로 나에게 사랑을 전달하려 하게 된다. 그렇다면 상대방은 '내가 사랑받고 있구나!'라는 것을 느끼기가 어렵다.

사랑을 똑똑하게 하려면, 상대방이 가지고 있는 언어로 사랑해 주어야한다. 그것이 가장 효과도 빠르고 힘도 적게 든다. 나는 강의할 때 참 행복하다고 느낀다. 다른 사람을 '인정'해 줌으로 나의 사랑을 전달하고 있다고 생각하기 때문이다. 다행히 들으시는 분들도 나의 이 '언어'를 의미있게 받아 주시는 것 같다. 청중들은 귀를 기울여 듣고, 수긍을 하고, 감동했다고 말씀하시기도 하셨다. 어떤 경우엔 울기도 하고, 웃기도 한다. 이럴 때 나는 '내가 이 분들에게 사랑을 받고 있구나' 하는 것을 느끼곤 한 다.

누군가를 사랑한다면, 똑똑하게 사랑해야 한다. 상대방의 언어로 말해주는 것이다. 그것이 진정한 사랑이 아닐까 생각한다. 자신의 사랑의 언어만 강조하다 보면 문제가 생길 수 있다. 같은 사랑을 하더라도 다투거나 힘들어질 수 있는 것이다.

소희의 생각

누군가는 사랑을 '힘든 것'이라고 말하기도 한다. 사랑은 정말 그렇게나 힘든 것일까? 그래, 힘들 수도 있다. 하지만 사랑은 '순리적인 것'이라고 생각한다. 되지도 않을 일을 하는 것처럼 너무나 힘들고 고통스럽다면, 내가 하고 있는 그 일이 과연 '사랑의 일'인지 검토해 볼 필요도 있다. 혹은 자신의 사랑의 '언어'가 제대로 전달되고 있는지 검토해야 한다. 사랑은 '자연스러운 것'이기 때문이다.

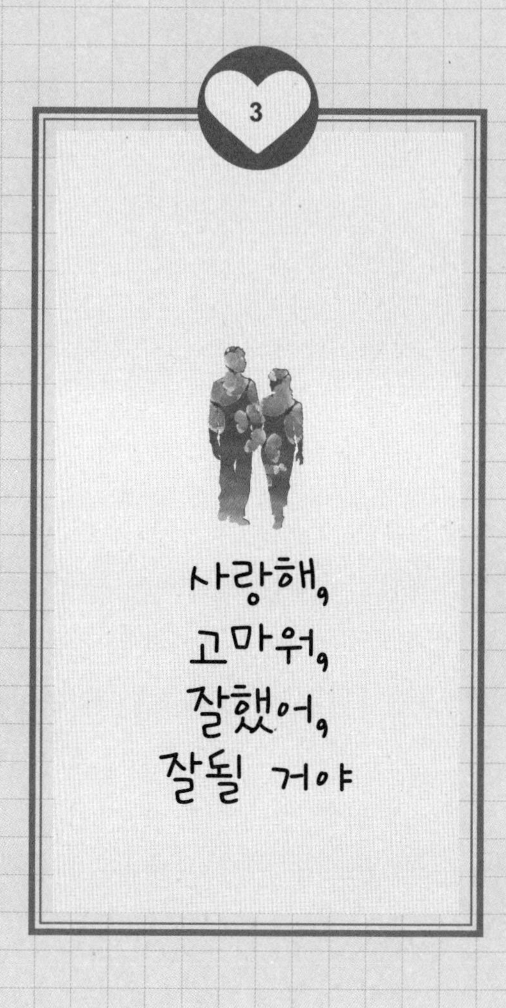

3

사랑해,
고마워,
잘했어,
잘될 거야

사자와 소 이야기

이전에 들었던 재밌는 이야기 하나가 있다. 사자와 소가 사랑에 빠져서 결혼을 했다고 한다. 사자는 갈기가 있고 울퉁불퉁 근육도 있었다. 소는 이 모습에 너무나 반해 버렸다. 자신과는 '다름'에 호감을 느낀 것이다. 반면 사자는 소의 엄청 크고 예쁜 눈에 반했다. 눈썹도 짙고 부드러운 인상이었다. 둘은 첫눈에 반했고 곧바로 엄청난 사랑에 빠졌다. 결국 둘은 결혼해서 한동안 행복했다.

그런데 이 둘의 '다름'은 다른 곳에서 서로에 대한 불편함을 만들게 되었다. 소는 아침마다 일어나서 풀을 뜯었다. 그러고는 아주 싱싱한 풀을 사자에게 아침식사로 대접했다. 사자를 너무나 사랑했기에 자신이 먹고 싶은 것, 자고 싶은 것을 꾹 참고 식사로 준비한 것이다. 사자는 밤마다, 저녁마다 나가서 사냥을 했다. 피가 뚝

뚝 떨어지는 자신이 가장 좋아하는 짐승의 부위를 떼어다가 소에게 주었다. 서로는 각자의 '다름'이 너무 힘들어서 결국 이혼을 한다. 그 둘은 헤어지면서 말했다. "나는 정말 최선을 다했어."

둘이 서로를 알았다면 어땠을까? 이 이야기는 소통에 대해 말하고 있다. 그들이 서로에 대해 제대로 알았더라면 상황은 좀 다른 모양새가 되었을 것이다. 사자는 잡은 고기 '내가 먹으면' 되고, 소는 자기가 뜯은 풀을 '자신이 먹으면' 되는 거였다. 그리고 둘은 서로의 차이를 인정하면서 좀 더 오랫동안 행복했을 것이다. 물론 그들은 최선을 다했다. 하지만 둘 다 만족하지 못하고 힘들었던 것이다.

결국 모든 헤어짐은 이런 식으로 이루어지는 것 같다는 생각이 든다. 상대방이 원하는 것들에 좀 더 관심을 갖는다면 좀 더 행복한 사랑을 할 수 있지 않을까? 소통으로 채워주기 힘든 것들을 물질적으로 채워가며 행복해 하는 조금은 속물 같은 사람들도 세상엔 있다. 하지만 상황이 바뀌어 그런 보이는 것들로 채워줄 수 없게 되어도 그 사랑이 지속될 수 있을까? 어쨌거나 같은 곳을 바라볼 수 있는 사람을 만날 수 있다면… 비슷한 가치관을 가지고 있다면 여러모로 참 좋은 관계가 형성될 수 있겠다는 생각을 해 본다.

흔히 사람은 서로 '다른' 것들에 호감을 느끼곤 한다. 어떤 사람은 '싸우지 않으려면 공통점과 비슷한 점이 많아야 한다'고 말하기도 한다. 어떤 말이 맞는 것일까? 사실은 두 가지 다가 맞기도 하고 틀리기도 하다. 누군가 말하는 것처럼, 꼭 똑같은 사람, 혹은 다른 사람을 만나야만 행복한 것은 아니다. 중요한 것은 '성숙도'가 아닐까? 우리는 각자 사랑을 '표현하는 방법'이 다르다. 내면의 성숙함이 있는 사람이라면, "아~ 이 사람의 원하는 사랑의 방법은 이것이지. 이 사람은 이런 게 달라."라고 생각하며 할 수 있는 배려를 보일 것이다. 그리고 그 노력은 곧 습관이 된다.

세상에는 배워서, 노력해서 되지 않는 것은 없다. 사랑하는 사람을 위해서 뭔가를 배운다는 것만큼 즐겁고 유쾌한 일이 또 있을까? 성숙되지 않은 사람이라면, '싫어! 내가 왜 그렇게 해야 해?'라고 말하며 마음 안의 거부감을 느낄 것이다. 조금 심하게 이야기해서, 그런 사람은 사랑을 하거나 사랑을 받을 자격도 없다고 생각한다. 자기 본위대로만 산다면 도대체가 무엇이 사랑이고 무엇이 배려란 말인가? 사랑의 진정한 의미에 대해 다시금 생각해 본다.

소희의 생각

사랑한다는 것은 결국 자기 본위적 생각을 버리는 것을 의미한다. 사랑의 언어에 있어서도, 관심사에 있어서도 이전의 자기중심적이었던 관성들을 버리는 것이다. 물론 자신의 것을 무엇이든 부인하라는 것이 아니다. 자신의 내면의 것을 살리면서도 얼마든지 사랑은 배려 섞인 하모니를 만들어 낼 수 있다. 자기중심적인 관성을 버리고 서로에 대한 다양성을 조금만 인정해 줄 수 있으면 된다. 결국 사랑도 나 자신을 알아가는 과정이다.

누구나 마술 맷돌을 가지고 있다

– 상상놀이

나는 어렸을 때부터 상상하는 것을 좋아했다. 잠을 자기 전 나만의 시간이 되면 생각의 나래를 펼치곤 했다. 나는 공주님이고 우리 집은 성이었다. 어릴 때부터 핑크색을 좋아했는데 동글동글하고 핑크색 빛이 도는 귀여운 차를 타고 이곳저곳을 다니는 상상을 하곤 했다.

어린 시절 엄마 아빠는 무척이나 바쁘셨다. 아빠는 거의 매번 출장을 가셔서 함께한 기억이 별로 많지 않았다. 엄마 역시 다른 일들로 바쁘셨다. 그래서 동생과 둘이서 상상놀이를 하면서 놀곤 했다. 어렸을 적 읽었던 책 중에 『마술 맷돌』이라는 책이 있었다. 디즈니에서 나온 책이다. 미니 마우스와 미니의 조카들이 밭에서 일을 하고 맷돌을 수당으로 받았다. 숲 속에서 용 한 마리를 만나서 맷돌을 건네주었다. 용이 맷돌을 돌리면서 "황금 맷돌아. 어서 나를 도와다오."라고 말하면서 맷돌의 마법에 대해서 알게 된다. 미니가 맷돌을 돌리자 먹을 것, 집, 세간살이도 나왔다.

"아이스크림 나와라! 아이스크림!"이라고 외치자 아이스크림이 나왔던 그 책의 이야기들을 떠올리며 동생과 매일 이 상황을 상상하면서 놀았던 기억이 있다. 정말로 아이스크림이 생기진 않았지만, 우린 그렇게 상상하며 재미있는 시간을 보냈다.

한마디로 마술 맷돌은 내가 원하는 대로 무언가를 만들어 주는 꿈의 기계였다. 마술 맷돌은 무엇이든 내가 원하는 대로, 상상하는 대로 이루어지게 해주는 그 무언가였다. 나이가 먹어가면서 상상을 하면서도, 나는 나쁜 것보다 좋은 것을 상상하기 위해 노력했다. 그리고 어릴 적 동생과 함께했던 추억들을 떠올리며 좋은 기분을 유지하곤 했다. 어릴 때처럼 잠자기 전에 좋은 것을 상상하다가 잠이 들곤 했다. 앞으로 있을 희망적인 것들을 떠올리고 나면 기분이 좋아졌다. 힘이 들면 좋은 것을 상상하는 버릇은 어쩜 아주 어려서부터 있었던 버릇 같은 것이었는지도 모르겠다.

최근에 알게 된 양자물리학에 대한 이야기들을 보면, 긍정적인 생각들이 긍정적인 실체를 만들어 낼 수 있다고 한다. 긍정적 에너지로 몰입했을 때, 그 에너지는 좋은 결과를 만들어 낸다는 것이다.

지금도 나는 상상놀이를 한다. 나의 책이 출판이 되고 누군가에게 바람직한 멘토가 된다든지, 내가 존경하는 누군가를 만나게 되는 등의 멋진 상상들을 하곤 한다. 누구에게나 '마술 맷돌'은 있다. 내가 자꾸 원하는 것을 생각하고, 말하고, 상상하고, 내가 원하는 사람을 만나는 동안 나의 현실도 바뀌어가는 모습들을 보게 될 것이다. 실제 나는 그와 같은 경험들을 수도 없이 많이 했다. 어릴 적 상상하던 작고 귀여운 차를 진짜로 운전하게 되고, 원하던 작가가 되고, 누군가에게 꿈과 희망을 전해 주는 한 사람이 되었다.

맷돌은 오늘도 돌아가고 있다. 나의 마음속에서 말이다. 누구에게나 있는 그 마술 맷돌이 오늘도 각자의 삶에서 멋지고 아름다운 장면들을 만들어내기를 가슴 설레는 마음으로 기대해 본다.

소희의 생각

자신이 원하는 바를 매일 떠올리다 보면, 어느 사이엔가 나는 그 희망에 적합한 사람이 되어가고 있을 것이다. 희망은 자격이 주어진 사람에게 언제나 밝고 의미있는 미소를 보내곤 한다. 우리는 기회의 문이 열리면 언제고 들어가 원하는 것들을 가지면 된다. 기회의 문은 '원하는 때'에 열리지는 않는다. 다만 가장 '적합한 시기'에 열릴 뿐이다. 그렇게 우리의 삶은 '희망'을 '현실'로 맞닥뜨린다.

나라도 나를 지켜야 해

어릴 적 나는 내가 생각해도 당찬 구석이 있는 아이였다. 아빠가 계속 출장을 다니시면서 거의 집에 안 계신 적이 많았기 때문에, 홀로서기에 대한 마음이 좀 더 일찍 생겼는지도 모르겠다. 기억이 나는 사건이 하나 있다. 엄마가 동생을 포대기로 업고 있었고 몇 살인지 정확하진 않지만 나도 무척 어렸었다. 당시 우리 집은 많이 가난했다.

집이 내려다 보이는 언덕배기에서 어떤 아저씨가 우리 엄마에게 뭐라고 이야기하는 모습이 보였다. 어떤 이유에서인지 모르나 둘 사이에 다툼이 생겼다. 아저씨가 엄마한테 위협적으로 행동해서 그때 너무 무서웠던 기억이 있다. 어린 나이였지만 아저씨에게 "아저씨가 뭔데 우리 엄마한테 이래요!"라고 말했다. 첫째 딸이기도 하고, 아빠의 부재로 인해서 스스로 당차지려고 했던 것 같다.

'우리 집은 내가 지켜야 한다'라는 생각이 들었다. 아빠의 잦은 출장에 엄마도 경제적 일을 하시니 동생은 내 차지가 되었다. 동생을 아주 어려서부터 돌보던 기억들이 아직도 뇌리에 있다. 지금도 다 큰 동생은 나에게 말하곤 한다. "언니는 나한테 엄마 같은 존재야."

지금은 아니지만 내 동생은 조금은 소심하고 착한 아이였다. 내 경우 화가 나면 할 말, 안 할 말 가리지 않고 직선적으로 나의 생각을 표현하곤 했다. 그래서 부모님께 혼날 때면 동생보다 많이 맞곤 했다. 어느 날 동생이 동네 친구랑 싸우고 돌아오는 모습을 보게 되었다. 집에 부모님도 안 계시니 더 화가 났다. 동생을 때린 꼬마를 찾아가 큰소리를 치며 혼냈다. 그 꼬마는 쪼르르 자기네 엄마에게 가서 나를 일렀다. 그 아이 엄마가 쫓아와 나를 혼내려고 했는데 "아줌마 딸이 먼저 우리 동생 때렸잖아요!"라고 소리를 쳤다. 성깔이 있는 어린애였던 것이다.

지금도 그 성격이 조금은 남아있다. 누군가를 위해서 '토닥토닥'을 한다고 해서 마음이 마냥 부드러운 것은 아니다. 당찰 때는 당차야 한다는 게 나의 생각이다. "한 번만 더 내 동생 괴롭히면 가만두지 않을 거예요!"라고 말하면서 동생을 끌고 집으로 돌아왔던 그 당시의 나는 아직도 현실의 문제들에 당당하게 맞서기 위해 노력하고 있다.

과거의 어릴 적 모습을 돌아보면 약간 좀 짠한 느낌이 들기도 하다. 아무도 우리를 지켜줄 수 없다는 생각에 동생과 나 자신을 지키고자 노력했던 그 시절의 모습이 즐겁고 좋은 추억으로만 느껴지지는 않는다. 감정적 여림이 존재했지만, 여린 것을 들키고 싶지 않았고, 사람들이 나를 해코지할 수 있다는 생각에 조금은 거친 모습을 보이며 동생을 지켰던 모습은 어쩜 본능적인 자기 방어적 모습이었는지도 모르겠다.

솔직히 너무 거칠고 무례하지만 않다면, 지금도 나를 위해 방어와 변호를 해 줄 수 있는 사람은 '나'라는 생각을 한다. 삶이 힘들어지면 늘 내 안의 나를 생각하곤 한다. 지혜롭고 슬기롭게… 그리고 당당하게 삶을 살아가는 스스로의 노력은 오늘도 거리를 달리고 있다.

소희의 생각

삶이 쉽지 않다는 생각의 뒤편에도 언제나 삶의 아름다운 꽃은 흐드러지게 꽃망울을 터뜨리고 있다. 삶은 치열함과 아름다움 모두의 양면성을 가지고 있다. 우리는 그 두 가지 측면을 삶의 성숙을 위한 배움의 기회들로 생각할 필요가 있다. 우린 강하면서도 아름다운 존재가 되기 위해 그 양면성을 필요로 한다.

나에게 '토닥토닥'이 의미하는 것

요즘 자주 듣는 말이 "분노 조절이 안 된다."는 이야기이다. 감정이 '욱'해져서 범죄를 일으키는 사례들이 점점 많아지고 있다. 최근 정신학계의 발표도 있었다. "성인 10명 중의 2명이 분노 조절과 관련해서 진지한 도움이 필요하다. 일반인 2명 중에 1명은 분노 조절 장애가 어느 정도는 있다."

일반인 2명 중 1명이 분노 조절과 관련해서 어려움이 있다는 이야기는 정말 놀라운 이야기라는 생각이 든다. 이제는 나, 너 할 것 없이 감정에 대한 '쓰다듬기'가 필요한 시대가 되었다. 나를 '토닥인다'는 것, 그리고 다른 사람을 '토닥인다'는 것은 사람이 내면에 가지고 있는 에너지를 자연스럽게 잘 활용할 수 있도록 하는 과정이라는 생각이 든다. 에너지를 격하거나 급진적으로 사용하지 않도록 돕는 것이 바로 '토닥토닥'이라고 할 수 있을 것 같다.

감정 에너지를 효율적으로 잘 사용한다는 것은 인간에게 매우 중요한 부분인 것 같다. 이 일에 어떤 관심을 기울이느냐에 따라 한 사람의 인생은 극에서 극으로 달라질 수 있다. 중요한 점 한 가지가 있다. 분노조절장애에 대해 학자들은 말하기를 "몸속의 에너지가 없을 때 사람들이 쉽게 자극을 받는다."라고 했다. 아주 쉬운 예로, 배가 고파 에너지가 없는 것처럼 내면의 에너지가 없다면, 사람들은 스트레스 지수가 높게 측정이 된다는 얘기다. 연구 결과에서도 판사들이 법정 판결을 내리기 전에 포만감이 충족되어 있으면 가석방을 많이 내리는 경향이 있다고 한다.

에너지의 고갈, 불균형 때문에 분노조절장애가 생길 수 있다는 사실은 우리가 내적으로나 외적으로 에너지의 부족이나 불균형을 만들지 않는 것이 얼마나 중요한지를 알게 하는 대목이다. 물론 화를 내는 것 자체가 죄가 되거나 문제가 되는 것은 아니다. 누군가는 "화는 힘이다."라고 말하기도 했다. 하지만 어떤 감정이든 자신의 통제 밖으로 넘어가기 시작하면 문제가 될 수 있다.

화를 내거나 분노가 치밀더라도, 그것이 이성적 접근에 의해 통제 받을 수 있다면 아무 문제가 되지 않는다. 화를 내는 것이든 슬픈 것이든, 모두 지연스런 감정의 일부이기 때문이다. '내면 에너지의 효율적 사용' 이것을 가능하게 하는 것이 바로 '토닥토닥'인 것이다. 누구에게나 이 과정은 필요하다. 감정의 고비들을 경험하지 않는 사람은 아무도 없기 때문이다.

살아가는 한 우리는 이런 저런 에피소드들을 경험하게 된다. 보다 슬기롭고 성숙한 삶을 영위하기 위해 우린 매일 노력한다. 뽀연 살결에 스크래치가 생길 순 있지만, 그로 인해 나의 감정이 압도될 만큼 나는 약하지 않다. 내가 여자임에도 행복할 수 있는 이유는, 스스로를 강하게 하기 위해 매번 나 자신을 추스르기 때문일 거라는 생각을 해 본다.

♡ 소희의 생각 ♡

외적인 약함에도 불구하고 언제나 우리는 내적인 강함을 소유할 수 있다. 삶의 과정은 언제나 우리를 강하게 하는 계기가 되기 때문이다. 우리의 가치는 외적인 것에 있지 않고 내적인 것에 있다는 걸 기억할 필요가 있다. 그렇게 나는 더 예쁘고 더 강한 오늘의 '나'를 만난다.

'토닥토닥'을 시작하게 된 계기

미정 언니… 내 주변에 보기 드물게 인덕이 있고 부드러운 표정을 가진 사람이다. 그 언니는 정말 마음이 따듯하다. 언니를 생각하면 엄마 같은 느낌이 든다. 내가 무심한 탓에 자주 연락은 하지 못한다. 하지만 그 언니야말로 나에게 삶의 영감을 준 소중한 사람이라고 할 수 있다.

어느 땐가는 내 생일이었다. 경기도에서 살 때인데 언니는 화성으로 와서 나를 축하해주었다. 어릴 적 이런 챙김을 받은 적이 없어서 나는 언니의 모든 배려가 고마웠었다. 언니와 저녁식사를 하고 삶의 깊은 이야기들을 나누었다. 그런 이야기들 중에는 이런저런 삶의 힘든 이야기들도 있었다. 이후 언니는 나에게 정말 많은 위로의 근원이 되었다. 어느 날 카톡 메시지로 "우리 소희 토닥토닥."이라는 문장을 보내주었는데, 수많은 이야기보다도 '토닥토닥' 이라는 네 글자가 너무나 위로가 되었다.

당시엔 왜 그랬는지 모르겠지만, 이것이 하나의 영감 같은 것이 되었다. 언니에게 너무나 고마웠다. 순간 '이거다!' 라는 생각이 들기 시작했다. 많은 자문을 하게 되었다. '강의를 통해 내가 말하고자 하는 것이 뭘까?' 결국 내가 말하고자 했던 삶의 위로는 '토닥토닥'이라는 결론을 내렸다.

나중에 여기에서 모티브를 얻어 '토크 닥터'라는 말을 끌어내게 되었는데, 여기에 힌트를 주신 분이 바로 공기택 선생님이셨다. 강사로 일하고 있는 곽동근 오빠와 식사하는 자리에서 "나는 토닥토닥을 너무 하고 싶다."라고 말했고, 오빠는 "네가 하고 싶은 것을 해."라고 격려해 주셨다. 모두모두 나에겐 고마운 사람들이다.

점차적으로 '토닥토닥'이 나의 강의에서 컨셉화가 되어가기 시작했다. 그리고 이것은 나에게 큰 의미로 자리매김했다. 토닥토닥이 뭐냐고 묻는 사람이 있다. 그럴 때 "뭐긴 뭐예요? 그냥 토닥토닥이지."라고 말하며 빙긋이 웃곤 한다. 어쨌거나 많은 분들이 나에게 준 격려와 희망의 힌트는 오늘의 나를 만들고 있다.

'토크 닥터'는 이제 내 인생의 하나의 방향성이 되었다. 우연처럼 나에게 다가온 네 글자는 내 삶을 잔잔하고 아름답게 만들어 주었다. 삶의 그늘진 자리에 따뜻함의 빛이 생기기 시작한 것은 그리 오래되지 않았다. 그리고 그 빛을 나는 다른 사람에게도 나누어 주기를 원한다. '토닥임'은 이 시간에도 나를 가슴 설레게 하는 이유가 되고 있다.

소희의 생각

가장 중요한 것은 '내가 정말 하고자 하는 것, 내고자 하는 목소리를 내는 것'이다. 그렇게나 자신이 되고 싶은 것이 무엇인지 한두 마디 말로 설명하기는 힘들다고 여길지도 모른다. 하지만 그냥 마음이 원하는 바대로 살다 보면 언젠가는 스스로를 설명하고 규정할 수 있을 때가 온다. 나에게 '토닥토닥'이 다가왔던 것처럼 말이다.

나에게 마음의 팔과 다리는…

탤런트 차인표가 진행하는 '땡큐'라는 프로그램이 있었다. 작은 강의가 진행되는 프로그램이다. 이 프로그램을 통해서 얼마 전 알게 된 '김세진'이라는 아이가 있다. 물론 이 친구를 개인적으로 만난 적은 없다. 하지만 나는 세진이의 이야기를 강의 중 항상 마지막에 포함시키곤 한다.

세진이는 선척적인 장애로 두 다리와 세 개의 손가락이 없이 태어난 아이이다. 그런데도 그 아이는 국가대표 장애인 수영선수가 되었다. 세진이의 스토리는 인간승리라고 부를 만한 대단한 감동을 나에게 주었다.

세진이 '땡큐'라는 프로그램에서 한 말을 나는 아직도 잊지 못한다. "자식을 낳는 방법은 세 가지가 있는데요. 자연분만, 제왕절개, 입양이지요. 우연히 제가 살던 아기집(고아원)에 엄마가 자원봉사를 오셨는데 저를 본 순간 가슴이 아파 저를 낳으셨어요. 엄마가 처음 저를 열어보셨을 때 저의 장애보다는 저의 큰 눈이 보였다고 합니다. 엄마한테 입양이 왜서 의사 선생님한테 데리고 갔더니, 선생님이 포대기를 딱 열고 하시는 말씀이 '재는 못 걸어요. 병원에서 이야기 안 해줘요?' 이렇게 애길 하셨대요. 엄마는 그때 오기가 하나 생기셨어요. '세진아! 엄마가 꼭 너를 걷게 해줄게! 네가 커서 문 열어주세요! 하고 방문을 쾅쾅 차게 할 거다!!'"

세진이는 매우 훌륭한 엄마 밑에서 자라게 되었다. 그리고 이것이 세진이에게 큰 축복이 되었다는 생각이 든다. 세진이의 이어지는 말에 나는 왈칵 눈물이 났다. "피눈물이 나는 재활운동을 하게 되었어요. 매트를 깔아놓고 매일 넘어지는 연습을 했어요. 매일 넘어지다 보니 나중에 잘 넘어지는 방법을 알겠더라고요. 엄마가 항상 하시는 말이 '너 걷는 거 중요하지 않아. 걷다가 넘어져서 다시 일어났을 때가 중요해. 인생도 그런 거야.' 그렇게 걷게 된 저는 로키 산맥도 오르고 마라톤도 완주하게 되었습니다."

현재 세진이는 19살이다. 17살 때 성균관대학교에 입학해서 공부를 계속하고 있다. 이 아이가 하는 말이 수영을 할 때는 하늘을 나는 것 같다고 한다. 물속에서 자신만의 자유로움을 느낀다고 한다. 엄마가 세진이를 걷게 하리라고 결심한 대로 로봇다리를 만들어 걷는 연습을 하는 장면이 TV에 나왔다. 넘어지게 되면 무섭고 힘들었을 텐데 엄마는 세진이에게 "괜찮아, 일어나. 할 수 있어." 라고 이야기해주었다.

세진이는 점점 더 자라, 로봇다리로 산행도 하고 마라톤도 하게 되었다. 세진이는 "엄마가 매트리스를 쫙 깔더니 넘어지는 연습을 시키셨다."라고 말했다. 자신이 잘 넘어지게 되니깐 잘 일어날 수 있는 방법, 잘 넘어지는 방법을 알게 되면서 걷는 것이 두렵지 않게 되었다고 한다.

걷는 것이 두려운 것은 넘어지는 것이 두렵기 때문인데, 잘 넘어지는 연습을 했더니 걷는 것이 더 이상 두려워지지 않더라는 것이다. 나는 항상 강의 뒤편에 엄마가 세진이에게 했던 말을 사람들에게 떠올려 주곤 한다. "세진아! 걷는 건 중요하지 않아. 네가 걷다가 넘어졌을 때 다시 일어날 줄 아는 게 중요해. 혹여 못 일어날 경우 누군가에게 손을 내밀 줄 아는 사람은 용기 있는 사람이야."

세진이가 엄마를 만나지 못했다면, 그 아이는 그냥 장애인이 되었을 것이다. 지금 이 아이는 모든 사람에게 희망이 되는 아이가 되었다. 옆에서 '괜찮아. 엄마가 있으니깐 할 수 있어'라고 지지해주는 사람 때문에 이 아이는 스스로 자신을 믿게 되었다. 넘어지는 것을 두려워하지 않게 되는 힘이 생기자 이 아이는 더 잘 걸을 수 있게 되었다.

사람들이 힘든 것은 어쩌면 육체적인 문제가 아니라 '마음의 팔다리'가 없기 때문인지도 모른다. 살면서 누군가를 이기는 것은 중요하지 않다. 진짜 중요한 것은 세진이가 그랬던 것처럼 포기하지 않는 것일 것이다. 팔다리가 없어서 자신의 인생을 포기했다면… 삶을 위해 무언가를 시도하지 않았다면 그 아이는 그냥 장애인이 되었을 것이다. 나를 존재하게 하는 마음의 팔다리는 무엇일까? 나는 진정으로 나에게 있는 것들에 대해 감사하고 있을까?

소희의 생각

장애는 신체적인 제약이 만들어 내는 것이 아니라, 마음이 만들어 내는 것이다. 스스로가 가진 가능성을 닫아 버리고 포기하는 순간 사람은 '장애인'이 된다. 자신이 가진 것들에 감사하고, 잠재성과 가능성을 온전히 활용한다면 누구나 위대한 사람이 될 수 있다고 나는 생각한다. 위대함은 평범함 속에서 나온다. 포기하지만 않는다면 모두가 자신 안의 빛나는 별들을 발견할 수 있을 거라고 나는 믿는다.

Now Is Good

〈Now Is Good〉은 영화의 제목이다. '테사'라는 여주인공에게 삶이란 무엇을 의미하는지가 조명되는 꽤 진중하고 의미있는 이야기들이 나온다. 영화에서 '테사'는 4년 전부터 백혈병으로 시한부 선고를 받은 상태이다. 가족들에겐 비밀로 하고 테사는 죽기 전에 하고 싶은 일 목록을 만든다. 거기엔 섹스와 마약, 도둑질 같은 것들도 포함된다. 그러던 중에 옆집의 순진남 애덤을 만나게 되는데, 그 이후 테사에겐 사랑이 제일 큰 비중을 차지하게 된다.

영화는 이런 메시지를 전한다. "삶은 순간의 연속이다. 모든 순간이 끝을 향한 여정이다. 그냥 놔두면 된다."는 것이다. 테사는 사랑에 빠지고 나서 시한부를 떨쳐내고 너무 살고 싶어지게 된다. 결국 이 영화가 주는 교훈은 모든 아름다운 것들은 현재가 모여서 만들어진다는 것이다. 순간순간들이 모여서 '나'를 만들기 때문에 지금 살고 있는 현재의 모습들에 충실한 필요성을 배울 수 있다.

사소한 일상이라고 생각한 순간들, 이 순간들이 누군가에겐 너무나 절실한 사랑을 이어가는 영원의 시간일 수 있다. 우리가 소소하게 느끼는 일상의 일들 속에도 나의 삶의 무게는 충분히 빛을 발하고 있다. 일어나서 밥을 먹고, 여행 가고, 일을 하는 등의 모습들은 무덤덤하게 보내는 삶의 단편이라고 생각될지 모르지만 '나'를 이루는 매우 소중한 삶의 조각들이다.

내가 살아가는 숨 쉬는 이 순간이 나에게 너무 소중한 거라는 생각을 나는 여러 번 했었다. 엄마의 임종을 지켜보아야 했던 어렸을 적 경험들은 '순간'이 삶에 있어 어떤 의미인지를 생각해 보게 하는 계기가 되었다. 만약에 나에게 주어진 삶이 1년이라면, 과연 나는 무엇을 할 것인가? 나에게 백 년이 있어도 삶의 순간을 무가치하게 흘려버린다면 그건 생명이 없는 삶일 것이다. 생명이 있긴 하지만 '가치'로서의 생명이 존재한다고 말할 순 없을 것이다.

짧은 순간이어도 그 순간의 연속들을 귀중히 여기고 살아간다면, 그 순간 나는 삶을 '살아가고 있다'고 할 수 있다. 사실 이 영화를 볼 때 엄마가 많이 생각났다. 엄마에게 순간의 연속이 조금 더 있었다면, 같이 손을 잡고 맛있는 것도 먹으러 갔을 텐데… 하는 생각이 들면서 잠시간 슬픈 여운이 내 곁에 머물기도 했다.

순간을 살면서 모든 순간을 소중히 여길 수 있다면 그것만큼 삶을 가치 있게 사는 방법도 없다는 생각이 든다. 언제나 가치 있는 삶… 'Now Is Good'은 바로 그렇게 만들어진다.

소희의 생각

'순간'에 충실한 삶을 사는 한, 우리의 삶은 언제나 빛날 수 있다. 삶의 아름다움은 멀리 있는 것이 아니라 '순간'의 틈새에서 언제나 우리를 바라보고 있다. 우리가 찾고자 하면 언제나 그 아름다움은 우리에게 나타나 유쾌함으로 화답한다. 그렇게 우린 가치 있는 삶이 무엇인지를 알아간다.

'자기성찰'이 '더 나은 나'를 만든다

내면의 진짜 모습을 만난 사람만이 자신이 원하는 새로운 세계로 넘어갈 수 있다고 한다. 내면의 진짜 모습을 만난다? 처음엔 나도 그것이 무엇을 의미하는지 알지 못했다. 그러다가 자신을 알아간다는 것이 바로 현인들이 말하는 '자기 성찰'임을 알게 되었다.

다중지능검사란 것이 있다. 1983년 하워드 가드너Howard Gardner에 의해 소개된 '다중지능이론'이다. 그는 인간의 지능이 언어, 음악, 논리수학, 공간, 신체운동, 인간친화, 자기성찰, 자연친화라는 독립된 8개의 지능과 1/2개의 종교적 실존지능으로 이루어져 있다고 설명하고 있다. 즉, 지능검사IQ Test만으로는 인간의 모든 영역을 판단하거나 재단할 수 없다는 것이 그의 가장 큰 생각이라고 할 수 있다.

이 이론에 따르면 각각의 지능이 조합되면서 개인의 다양한 재능이 생성된다고 한다. 그렇기 때문에 각 영역에 있어서 다양한 종류의 천부적 능력자가 있을 수 있다. 내 경우엔 이 지능지수 프로그램에 의해 조사를 해 보면 인간친화와 자기성찰, 언어지능이 높은 사람으로 나타난다.

하워드 가드너의 이론은 내가 보기에 매우 합리적인 이론이라는 생각이 든다. 이 세상의 모든 사람은 각각의 '재능적' 지능을 가지고 있다. 아이큐의 높고 낮음으로 사람을 평가하는 것은 매우 비합리적이라는 생각이 든다.

주목할 만한 사실은, 내면의 진짜 모습을 만난 사람만이 자신이 원하는 새로운 세계를 넘어간다는 서두의 말처럼, '자기성찰 지능'이 높은 사람들이 각 분야의 최고가 된다는 점이다. 김연아, 박지성, 이상봉 같은 사람들이 각각 다른 분야의 지능이 높은 사람들이기는 하지만 모두가 공통적으로 '자기성찰 지능'이 높다는 사실은 이 점을 증명하는 것이라고 할 수 있다.

아무리 잔재주가 많아도 자기성찰 지능이 없다면 특정 한계를 뛰어넘을 수 없다. 자신의 진짜 모습을 깨닫는 사람들, 자기성찰이 있는 사람은 쉽게 포기하지 않는 능력을 가지고 있다. 자기성찰을 할 수 있으니 때때로 과한 행동, 교만을 할 수도 있지만 곧바로 돌아설 수도 있다. 그들은 겸손하고, 스스로에 대한 진지한 생각을 할 수 있다.

'자신을 돌아보는 것'이 삶에 있어 얼마나 중요한지를 깨닫게 하는 부분이라고 할 수 있다. 자신의 내면을 잘 들여다보고 스스로의 한계를 뛰어넘는 내면의 목소리에 귀를 기울일 필요는 누구에게나 있다.

소희의 생각

마음을 들여다볼 줄 알아야 내면의 힘이 무엇인지 깨달을 수 있다. 우린 스스로를 돌이켜 보면서 자신이 부족함을 자각하곤 한다. 그 부족함을 알고 나서야 더 많이 발전하려는 동기가 생긴다. 마음을 들여다보려는 시도조차 하지 않는 사람들은 자기만족에 빠질 수밖에 없다. 언제나 자신이 잘하고 있다고 생각하기 때문이다. 우린 존재만으로도 아름답지만, 노력하지 않는 아름다움으로 자신을 시들게 하길 원하지 않는다.

행복하게, 당당하게 산다는 것

"이곳에서 누가 제일 불쌍한 거 같냐? 나다! 나!"
"형이 와요?"
"왜냐구? 난 꿈이 없다. 1년 후에 뭐할지, 한 달 후에 뭐할지, 당장 내일 뭘 해야 할지 모르고 사는 인생……."

영화 〈파파로티〉의 한 장면이다. 햄버거 가게에서 두 사람이 만나고 있다. 주인공의 가장 친한 형 창수가 주위의 사람들을 둘러보며 그런 말들을 했다. 그리고 그 창수 형은 죽음 앞에서 "사람답게 살아라. 내처럼 이렇게 살지 말고…."라는 말을 남긴다.

사람답게 산다는 건 도대체 무엇을 의미할까? 그리고 많은 사람들이 갈망하는 행복한 삶이란 무엇일까? 구차하지 않은 당당한 삶은 어떤 삶을 말하는 것일까? 우린 삶을 지적하는 진지한 물음에 대해 숙연한 느낌을 갖곤 한다. 행복하고 당당한 삶… 모두가 꿈꾸는 삶인 것은 분명한 것 같다.

언젠가 보았던 이 영화… 보는 내내 가슴 '쿵' 한 느낌이 들었다. 삶이 희망으로 채워진다면 사람은 아마도 더 많이 행복하고 당당해질 거라는 생각이 든다. 그렇다면 그 희망이란 건 어떻게 생겨나는 것일까?

꿈꾸는 것을 멈추지 않는다면 삶은 희망으로 채워지지 않을까 하는 생각이 든다. 꿈은 사람을 기대하게 하고 끝없이 설레게 한다. 그렇게 생긴 희망은 사람의 삶을 더 의미 깊은 것이 되게 한다. 꿈이 있는 삶. 그 꿈은 나에게 오늘도 말하고 있다. 삶은 살아볼 가치가 있는 것이라고 말이다.

♡ 소희의 생각 ♡

오늘 생긴 새로운 꿈이 내일 그대로 유지되지 않을지도 모른다. 하지만 내일은 또 내일의 꿈을 꾸면 된다. 낙심하지 않는다면 우리에겐 희망을 품어야 할 새로운 이유들이 나타날 것이다. 희망 안에 꿈이 있고, 우리의 삶은 그 꿈이 그리는 그림을 따라 만들어지고 있다.

누구에게나 처음은 있다

자신의 서투름에 대해 자책하는 사람이 있다. 하지만 처음부터 잘하는 사람은 없다. 자신의 부족함은 어쩜 발전하기 위해 존재하는 것인지도 모른다는 생각이 든다. 누구에게나 처음은 있다.

처음 엄마 뱃속을 나오기 위해 험난한 엄마의 자궁 속을 헤쳐 나온 아기… 흔히들 그 아기는 부모의 선택에 의해서 만들어진 것이라고 한다. 하지만 나는 그렇지 않다고 생각한다. 이 세상에서의 삶을 선택한 것은 부모가 아니라 아기라고 생각한다. 물론 아기는 연약하다. 그리고 엄마의 보살핌 없이는 도저히 삶을 살아갈 수 없다.

그 아기가 자라 처음 "엄마."라고 말할 때, 엄마는 깊은 감동을 느낀다. 완성되지 않은 발음으로 첫 소리를 낼 때, 어떤 엄마도 "너 발음이 그게 뭐니?"라고 말하진 않는다. '처음'이란 모두에게 그런 의미이다.

무언가를 처음 시작하는 자신에게 너무 많은 걸 바라지 말아야 한다. 너무 많은 걸 바라고 나면 사람은 우울해진다. 무엇보다 스스로에게 필요한 것은 자신에 대한 '믿음'이다. 처음은 이렇지만 잘 해낼 거라고, 해낼 수 있다고 자신을 믿어주는 것이 필요하다. 우리에게 필요한 것은 그저 응원하고 믿어주는 것인지도 모른다.

그렇게 하다 보면 어느 한순간 성장한 자기 모습을 볼 때가 올 것이다. 우린 늘 무언가에 도전하고 호기심을 느끼고 새로운 것을 시도하곤 한다. 나는 강의를 하면서 자신을 토닥이기를 원하는 사람들에게 이렇게 해 보라고 말하곤 했다.

"처음으로 무언가에 도전하고 계신가요? 그럼 자신에게 이렇게 말해주세요. 소희(자기 이름)야! 난 널 믿어. 널 응원해. 그동안 잘해 왔어. 그래, 넌 할 수 있어. 실망하지 마, 괜찮아."

실제 자신에게 이렇게 말하고 나면 보다 충만한 힘을 얻고 있는 자신을 발견하게 된다. 실제로 이렇게 해 본 후, 스스로가 달라졌다고 고맙다고 말하는 사람들을 나는 많이 보았다. 그리고 이렇게 말하는 것이야말로 자신에 대한 '토닥토닥'이라고 생각한다.

'처음'의 '부족함'을 탓할 필요가 없다. 누구에게나 있는 그 처음을 '다음'의 설렘으로 바꾼다면 나의 삶은 좀 더 풍요롭고 살만한 것이 될 것이다.

소희의 생각

자신의 부족함에 대해 웃을 수 있는 것이야말로 진정한 강함이라고 할 수 있다. 우린 부족함에 대해 열등감을 가질 필요가 없다. 누구에게나 있는 부족함은 그 종류만 다를 뿐 모두에게 '가능성'이라는 단어로 존재하고 있기 때문이다. 삶이 '기대'로 가득찰 수 있는 이유는 그 '부족함'이 우리에게 있기 때문이다.

진정한 매력이란

주는 것 없이 미운 사람이 있는가 하면, 어떤 사람은 받은 것 없지만 어딘가 모르게 끌리는 느낌이 들기도 한다. 아마 이런 걸 '매력'이라고 부르는지도 모르겠다. 나의 주변에도 뭐라 딱히 설명할 순 없지만, 친해지고 싶은 그리고 한번 만든 인연을 계속 이어가고픈 사랑스런 사람들이 있다.

그런 면에서 보면 진짜 매력은 눈에 보이는 것이 아닌 것 같다. 내게 있어 사람을 매력적으로 만드는 요소는 '향기, 목소리, 내면'이라고 생각한다. '향기'라는 건 어떤 사람에게서 나는 실제 냄새라기보다는 그 사람을 처음 접했을 때에 그 사람에게서 관찰되는 특유의 '이미지'이다. 그런 '향기'는 오래도록 기억된다.

앞서 언급했지만, 나는 그다지 좋은 목소리를 가지고 있지는 않다. 하지만 늘 나의 목소리를 생기있고 밝은 것이 되도록 하려고 노력한다. 누군가를 만났을 때 그 사람에게 들리는 목소리는 그 사람이 어떤 사람인지를 알게 하는 요소인 것 같다. 나를 진심으로 대하고 있는지를 가늠하게 하는 요소이기도 하다.

어쩜 겉모습의 매력은 일시적 것일 뿐이라는 생각이 든다. 보이지 않는 부분의 매력이 없다면 그 사람과의 관계는 오래가기가 힘들다. 매력 중에서도 제일 으뜸은 바로 자기 자신을 사랑하는 것이라고 생각한다. 자기 자신을 사랑하는 사람만이 변하지 않는 진짜 매력을 발산할 수 있다는 것을 나는 알고 있다.

오늘도 난 외쳐본다. "나는 내가 참 좋다"

소희의 생각

'매력 덩어리'라는 말을 듣는 사람들을 잘 살펴보면 그들에게서 특유의 향기가 난다는 것을 알게 된다. 당당함과 겸허함, 절제미, 이런 특성들이 그들 내면을 아름답게 장식하고 있다. 그들이 그렇게 할 수 있는 이유는 바로 자기 자신을 사랑하고 있기 때문이다. '자기애'와 '자존감'을 가진 사람들은 자신의 삶을 의미 있고 가치 있는 것으로 만들어 간다. '아름다운 삶'이란 그런 것이다.

마음먹으면 그대로 이루어질 수 있다

베스트셀러 『시크릿』에서는 사람의 삶이 얼마든지 '자기가 마음먹은 대로 이루어질 수 있다'고 이야기한다. 나도 그 책을 참 감명 깊게 읽었던 기억이 있다. 물론 어떤 사람들은 그 책의 내용에 이의를 제기하기도 한다. 하지만 기본적으로 삶을 지배하는 것이 사람의 '생각'이라는 데는 나도 의견을 같이한다. 나의 인생이 그러했기 때문이다. 힘든 시간이 나와 함께하기도 했지만 이전에 꿈꾸었던 소원들과 바람들은 현실에서 많은 부분 이루어졌다.

나는 그 꿈을 갈망했고 다가오는 기회들을 포착하기도 했다. 꼭 신비로운 방법들에 의해 기적이 이루어지는 것은 아니다. 내가 가진 생각들은 나의 꿈들을 이룰 수 있도록 내 삶을 이끌었다. 무엇을 믿고 어떤 생각을 갖고 사느냐가 사람에게는 매우 중요하다고 생각한다. 생각은 신념이다. 그리고 그 신념은 삶을 더 가치 있는 것으로 바꾼다. 꿈으로 가득찬 사람에게 회의감이나 절망, 낙심은 들어찰 여유가 없다.

어떻게 마음먹느냐에 따라 우리의 삶은 분명 풍요롭고 충만한 삶이 될 수도, 그렇지 않을 수도 있다. 솔직히 말해 나는 마음의 힘을 믿는다. 각자가 스스로의 삶에 대해 긍정적이고 건설적인 생각을 가지고 목표를 세운다면 좋은 결과들을 거둘 수 있다고 믿고 있다. 사실 생각만큼 자유롭고 유연한 것도 없다. 우리의 마음 안에 무엇을 가득 채울 것인지는 전적으로 나 자신에게 달려 있다.

내가 지금 쓰고 있는 이 책도 이전 어느 시점 내가 꿈꾸던 결과의 일부였다. 내가 독자들을 이런 방법으로 만날 수 있는 날이 올 거라고 나는 이전부터 기대하고 고대해 왔다. 내 삶의 설레는 장면들은 이제 또 다른 이야기들을 만들어 내고 있다.

소희의 생각

세상의 모든 것들은 '생각'으로 이루어져 있다. 그렇게 말할 수 있는 이유는 비행기도, 자동차도 모두 이전 어느 시점 누군가가 꿈꾸던 것들의 결과물이기 때문이다. 생각의 힘은 우리를 더 나은 삶으로 인도한다. 삶이 살아볼 가치가 있는 한 가지 이유는 생각이 때론 우리를 드라마틱한 스토리의 주인공이 되도록 만들어 주기 때문이다. 우린 충분히 그 이야기 속에서 행복해질 수 있다.

무섭거나 불안할 때…

사람을 가장 주눅 들게 하는 것은 아마도 불안감이나 공포심일 거라고 생각된다. 솔직히 말해 여자이다 보니 나도 무서움을 좀 많이 타는 편이다. 공포 영화를 일부러는 잘 보지도 않거니와, 혹여나 우연히라도 보게 되는 날엔 밖에도 잘 나다니지 못한다. 꼭 이런 공포 영화가 아닐지라도 사람은 주변에서 일어나는 일들로 인해 불안감을 경험한다.

공포심이 들게 되면 사람들은 소극적이 되고 쉽게 피로감을 느끼게 된다. 어떤 면에서 보면 불안이나 공포는 인간의 내면을 파괴할 수 있는 가장 잔인한 것이라는 생각도 든다. 만약 특별한 이유 없이 자꾸만 불안한 느낌이 들고, 그것 때문에 어떤 일이건 진행할 수가 없다면 이건 정말 큰 문제이다. 그리고 실제 이유가 있다 하더라도, 일에 대한 걱정과 염려 때문에 어떤 일도 시도할 수가 없다면 자신의 생각을 개선할 필요가 있다는 생각이 든다.

물론 다가오는 위험에 대해 스스로를 방비하고 준비를 하는 것은 분명 지혜로운 일일 수 있다. 하지만 '염두'와 '염려'는 분명히 다른 것이다. 어떤 일에 대한 염려가 지나쳐서 그것이 자신의 영혼을 압도할 정도가 된다는 그것은 좋은 현상이라고 볼 수 없을 것이다. 그런 사람에게 '보람 있는 일'이란 존재할 수가 없다.

만약 그것이 바뀔 수 없는 심리적인 것이라면, 나는 과감히 의사나 타인의 도움을 받아보라고 권하고 싶다. 그런 외적인 도움을 받는 것은 부끄러운 일이 아니다. 혹여 외적인 시선이 걱정된다면 개인적으로 아무도 모르게 그런 도움을 받는 것도 나쁘지 않다. 기억해야 할 것은 심리적으로 불안한 느낌으로부터 자유로운 사람은 아무도 없다는 사실이다. 결국 대부분의 사람들이 정도의 차이만 있을 뿐, 이런 문제를 모두 부분적으로는 가지고 있다는 것이다. 하나도 스스로를 자책할 일은 아닌 것이다.

하지만 바뀔 수 없는 심리적인 것이 아니라 자신의 의지로 마음을 통제하는 것이 어느 정도는 가능한 상황이라면 이렇게 해 보는 것은 어떨까 싶다. 수시로 '나는 반드시 해낼 수 있다'는 암시를 스스로에게 주는 것이다. 실제로 나는 이렇게 해서 삶의 의욕을 되찾곤 했다.

거친 삶을 살기 위해서는 용기가 필요하다. 내면의 불안감 때문에 오늘이라는 하루를 의미 없이 보내게 된다면, 우리의 미래는 전체적으로 무의미한 것이 될 수밖에 없다. 어떤 일에 대해 결정을 빨리 내리지 못해서 우유부단한 사람이 아닌가 싶은 생각이 들 정도가 된다면, 일 자체보다는 스스로에 대해 단호한 조처들을 내릴 필요가 있다고 생각한다. 건강하고 건전한 정신이야말로 개인에게 있어서 그 무엇보다 중요한 부분이다. 사실 정신적인 위축과는 별개로, 어떤 일을 행동으로 옮기는 것에는 커다란 용기가 필요하다. 계획한 일이라면 그것이 힘들고 어려운 일일지라도 '할 수 있다'는 생각으로 맞닥뜨리는 것이 필요하다.

언제 부딪치더라도 만날 일이라면 돌아가려고 하거나 회피하기보다는 직접 대면하는 것이 가장 좋다. 사실 나에게도 피하고 싶은 일들이 종종 발생한다. 하지만 피하는 게 언제나 능사는 아니었다. 거의 대부분의 경우, 용감하게 문제들을 직접 대면하면 상황은 언제 그랬냐는 듯 개선되곤 했다.

불필요한 공포심이나 불안감으로부터 자신을 지키는 것이야말로 자신의 영혼을 위해서 할 수 있는 최고의 방책이라는 생각을 해본다.

소희의 생각

어릴 적에는 두려움의 대상을 그저 무서워하기만 했다. 하지만 나이가 들어감에 따라 이전에 무서워했던 공포의 실체가 실은 별것 아니거나 극복할 수 있는 거라는 걸 알게 된다. 예방주사를 기다리는 아이의 얼굴은 무서움으로 일그러진다. 하지만 그때를 지나고 나면 아이는 언제 그랬냐는 듯 아무렇지 않게 거리를 활보한다. 인생도 그렇다. 두려움은 실제 두려움이라기보다는 우리의 무의식이 만든 정신적 한계일 뿐인 경우가 많다. 현실에 대한 보다 실질적인 직시가 도움이 될 수 있다.

토닥

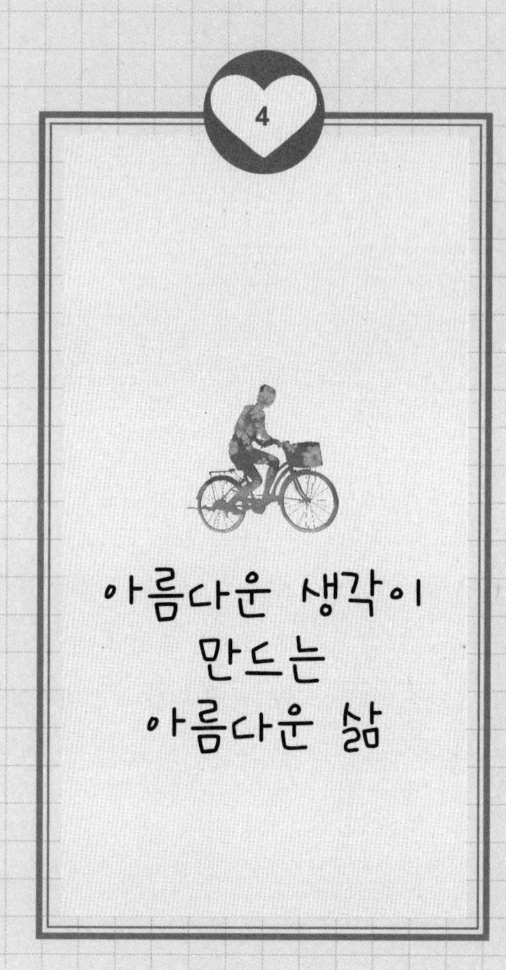

4

아름다운 생각이 만드는 아름다운 삶

처음부터 큰 것을 이루려는 건 욕심이다

하는 일마다 잘 안되는 것 같다고 말하는 사람들이 있다. 이전 어느 때인가 나도 그런 느낌이 잠시간 들었던 적이 있다. 이상하게도 나는 시도하는 일마다 매끄럽게 일들이 진행되지 않는 것처럼 보였다. 세월이 지나고서야 알았다. 나에게는 접근 방법부터가 문제가 있었다는 걸 말이다.

무언가를 성취하기 원한다면 '작게 시작'해야 했다. 처음부터 너무 큰 기대를 품은 것이 화근이었다. 당연히 큰일들은 가능성에 있어서도 이루어지기 힘들 수밖에 없다. 크고 어려운 일들이 자신의 의도대로 움직여지지 않는다고 생각되면, 결국 사람은 지치게 된다. 서두르지 말고 분명하고 정확하게 기본적인 것들을 채워나가는 것이 중요하다.

작은 성장을 이루고 나면 그보다 조금 더 큰 성장은 보다 수월하게 이루어질 수 있게 된다. 지나고 보니 작은 계획을 세우고 그 계획을 위해 만반의 준비를 한다면 성공할 확률이 높다는 것을 알게 되었다. 기초가 없으면 목표에 달하기 전에 쉽게 포기하게 되거나 처음부터 일들이 꼬이고 만다.

우선적으로 해야겠다고 마음먹은 것을 먼저 하고, 처음부터 한꺼번에 일들이 완성될 수 있다는 요행을 바라는 것은 일치감치 치워 버려야 한다. 물론 그렇게 하더라도 실패는 찾아올 수 있다. 하지만 그렇게 눈물 젖은 빵을 먹고 나면 그다음 시도에서는 반드시 성공을 이루어낼 수 있다.

사람이 얻을 수 있는 격려 중 가장 큰 격려는 일상의 소소한 성공으로부터 만족이라는 생각이 든다. 내가 처음 강의를 시작했을 때를 떠올려보면, 나는 한없이 부족하고 떨리는 영혼을 가진 사람이었다. 하지만 강의가 끝나고 나서 느꼈던 만족감은 보다 큰 무대에서의 강연을 가능한 것이 되도록 해 주었다. '마쳤다'는 사실 자체가 나에게 큰 격려가 되었던 것이다.

우리나라 속담에 '천 리 길도 한 걸음부터'라는 말이 있다. 이런 옛말은 하나도 틀리지 않다. 아주 작은 것으로부터의 성취감은 보다 큰 것으로의 성취를 가능하게 해 준다. 그렇게 나 자신의 빛나는 삶은 완성되어 가는 것이다.

소희의 생각

'작은 성공'은 '큰 성공'을 가능하게 하는 단초이자 실마리라고 할 수 있다. 검토할 수 있는 중요한 것은 우리 스스로가 너무 많은 욕심을 가리켜 '성공'이라는 범주에 넣고 있지는 않은가 하는 것이다. '성공'이란 크고 거창한 것만을 가리키지는 않는다. 소소한 우리의 일상 자체가 성공의 단초이자 '성공' 그 자체일 수 있다. 삶이 익어가는 순서는 언제나 그런 방식이다.

살아보니, 나이는 괜히 먹은 게 아니었더라

지금도 많이 부족하고 배울 것 많은 나이이긴 하지만 지금보다 훨씬 젊었을 때는 모든 것이 어설펐던 것 같다. 다른 사람을 슬기롭게 대하고 이해하는 면에 있어서 나는 정말 부족한 점이 많은 사람이었더랬다. 조금은 자기주장이 강하고 앞뒤를 충분히 고려할 줄 몰랐던 철부지의 모습이 나의 모습이었다는 생각이 든다.

일상생활 내에서 남을 나보다 소중한 존재로 여겨주는 것이 결국 나 자신을 소중한 존재로 만드는 방법임을 알게 된 것은 불과 10년이 되지 않은 것 같다. 그동안 인간 관계를 통해 알게 된 점이라면 두 가지 정도로 정리될 수 있다고 생각한다. 물론 이건 나만 아는 사실은 아니다. 대부분의 사람도 알고는 있지만 실천이 어려운 부분인 것 같다.

첫째는 상대방의 말을 귀 기울여 듣는 것이다. 단지 귀로만 듣는 것이 아니라, 나의 경청을 상대가 느끼고 알 수 있어야 한다. 태도가 중요하다는 이야기이다. 올바른 경청의 자세만으로도 상대방은 충분히 자기 스스로가 '소중한 존재'로 여겨졌다고 느끼게 된다.

둘째는 상대에 대한 '이해'이다. 잘 들었다면 그것을 통해서 상대가 무엇을 원하는지, 무엇을 싫어하고 민망해 하는지를 이해할 수 있어야 한다. 어떤 면에서 이것은 '감정이입'이라고 볼 수도 있을 것이다. 자신이 가지고 있는 기존의 선입관을 고집하지 않고 오픈된 마인드로 다른 사람들을 대한다면 그 사람 역시 나를 존귀한 사람으로 여겨 줄 것이다. 상대의 마음을 열 수 있을 뿐 아니라 내 의도나 말하려는 의중을 오해감 없이 충분히 전달할 수 있는 기회를 가질 수 있게 된다.

이런 것들은 말로만 설명할 수 있는 성질의 것은 아니다. 실제로 몸으로 부딪히고 느껴야 가능한 부분들도 있다. 정형화된 말로 이 모든 것을 설명하기엔 어딘가 부족함이 있다는 생각이 든다. 한마디로 '시간'이 필요하다. 시간? 맞다. 시간이 지나면서 익숙해지는 이것을 바로 '연륜'이라고 부르는 것인지도 모른다.

어렸을 때 친구들과 농담 섞인 이야기를 하면서 "나이는 똥구멍으로 먹었니?"라고 다소 자극적인 말을 하던 일이 생각이 난다. 나이는 괜히 먹게 되는 건 아닌 것 같다. 경험들이 하나 둘 쌓이게 되면 사람은 성숙한 '향기'가 몸에서 나기 시작한다. '연륜의 향기'인 것이다. 나이 먹는 게 서러워지는 때도 있지만, 결국 경험들이 나의 향기를 채워 주었다고 생각하면 모든 것은 필요한 과정이었다고 여겨지기 시작한다.

아직 파릇한 향기가 나는 젊은이이지만 사랑받는 사람으로 나이 들어간다는 것 자체도 나름 행복할 수 있다는 생각을 해 본다. 나는 나이가 들어도 소중한 존재니까 말이다.

소희의 생각

어르신들 사이에서 '곱게 늙어간다'는 이야기를 엿들을 때마다 그것이 과연 무엇을 의미하는 걸까 생각하곤 했다. 나중에서야 알았다. 연륜의 향기가 외적으로 느껴질 정도로 기품이 있으시고 단정함이 몸에 밴 분들이 있다는 걸 말이다. 솔직히 나도 그런 사람으로 늙어갈 수 있다면 참 좋겠다는 생각을 해 본다. 늙는 것은 서럽지만, 늙지 않을 수 있다면 너무나 좋겠지만…. 기왕에 나이들어 간다면, 나는 온몸 구석구석에서 연륜의 향기가 나는 할머니가 되어야 할 것 같다.

실패는 앞으로 올 좋은 일들의 전초전

실패를 원하는 사람은 없다. 하지만 인생을 살아가면서 한번쯤 실패를 경험해 보지 않은 사람 또한 없을 거라고 생각한다. 실패의 뼈아픈 경험을 해 본 사람 가운데 '넌덜머리가 난다'며 더 이상의 시도를 하지 않는 사람도 나는 보았다. 반면, 실패로 인해 많은 실망을 느낀 후에도 다시 도전하기를 마다하지 않는 용감한 사람도 있었다.

어떤 삶이 정답이라고 할 수는 없다. 실패의 충격이 너무나 강하고 인상적이어서, 너무나 힘겹게 다시 일어서는 노력을 하기보다는 지금 현재의 무던한 삶을 선택하는 것이 현명하다고 여기는 사람도 있을 거라 생각한다. 반면, 어떤 사람에게 도전은 '놀이'와 같은 것이어서 끝없이 다시 일어나기를 반복하는 사람도 있다.

중요한 것은 우리는 실패를 통해 '인생을 배운다'는 사실이다. 실패는 부분적으로 삶의 지혜가 된다. 그런 면에서, 실패는 불명예스러운 것이 아니다. 어떤 사람들이 '실패한 일들'에 다시 도전하기를 중단했을지 모르지만 여전히 모든 사람은 삶의 여정 가운데서 시도와 도전을 거듭하고 있다. 그게 삶의 과정이기 때문이다.

개인적으로 실패는 좋은 일들의 전초전이라고 생각한다. 나 역시 실패를 통해 많은 것들을 배우기도 했다. 특히 대인관계에 있어서 쓰라리고 뼈아픈 경험을 한 후에 더 좋은 관계 속에서 지혜롭게 처신하는 법을 배울 수 있었다. 실패는 불명예가 아니지만 사람을 유일하게 불명예스럽게 하는 한 가지가 있다. 그것은 삶을 위한 어떠한 노력도 하지 않으려는 마음 자세이다. 요행을 바라거나 '어떻게든 되겠지' 식의 생각은 더 이상의 발전을 기대하기 어렵게 만드는 나태함이 그 근본 이유이다.

실패를 '약'으로 생각하는 이들에게 삶은 고루하지 않다. 인생은 끊임없이 새로운 장면으로 바뀌면서 우리에게 도전을 요구한다. 삶이 지루하지 않는 이유는 바로 그러한 인생의 다이나믹함 때문인지도 모른다. 도전을 받아들이는 이들에게 나 역시 맘속으로 소리 없는 응원을 보내본다.

소희의 생각

'실패는 성공의 어머니'라는 유명한 말이 있다. 하지만 어떤 이들에게 거듭되는 실패는 쓰라림의 이유일 수 있다. 또 어떤 사람들에게 성공은 수많은 실패 이후에도 아직도 이루지 못한, 기다림의 안개 속 그 무언가일 수 있다. 그런 사람들에게 '성공'이라는 두 글자는 답답함을 느끼게 하는 단어일 수도 있다. 꼭 원하는 성공을 이루지 못한다 하더라도 실패는 인생의 의미를 알려주는 선생님일 수 있고, 마음속 삶의 지혜를 깨닫게 하는 마음의 창이 될 수 있다. 그런 의미에서 '무가치한 실패'란 세상에 존재하지 않는다. 실패는 성공의 어머니이기도 하지만 '마음의 멘토'이기도 하다.

내 마음이 끝없이 두리번거린다면…

가끔은 불안감 때문에 마음을 주체할 수 없다고 여겨지는 때가 있다. 그런 불안감은 특별히 이유가 없더라도 슬며시 찾아온다. 여자들의 경우에는 호르몬의 변화 때문에 그럴 수도 있고, 남녀를 막론하고 자신의 내부에서 일어나는 컨디션의 변화 때문에 어려움을 겪기도 한다.

내가 아는 어떤 사람은 그런 감정적인 변화를 겪을 때 폭식을 하게 된다고 한다. 그러고 나면 날카워졌던 기분이 조금 누그러지는 것 같은 느낌이 든다는 것이다. 또 어떤 사람은 이유는 모르겠으나 욕구 충족에 대한 생각 때문에 쇼핑을 장시간 하거나 나쁜 습관에 빠지게 되기도 했다고 한다.

그렇게 사람은 자신의 마음이 한곳에 정착하지 못하고 두리번거리는 것을 느낄 때가 있다. 원인을 알 때도 있지만 그렇지 못할 때도 많다. 나는 그런 사람들에게 누군가를 깊이 사랑해보라고 조언하곤 한다. 마음으로부터 깊이 말이다. 그렇게 하면 방황하던 내 마음은 어느샌가 자리를 잡아간다. 이것은 꼭 남녀 사이의 사랑을 말하는 것이 아니다. 자신의 가족도 좋고, 친구로서의 우정을 쌓아 가는 것도 좋다.

정신이 방황하지 않기 위해서는 확고한 목적과 비전이 있어야 한다. 목적이나 비전이 없는 사람은 방향 없이 표류하는 배와도 같다. 언제 폭풍우가 닥쳐 위험에 처할지 모르는 상태인 것이다.

거기에 더해 두리번거리는 마음을 갖지 않기 위해서는 언제나 나의 곁에서 누군가가 함께하고 있다는 것을 인식하는 것이 필요하다. 사실 우리에게는 사랑하는 가족이 있다. 가족이 아니더라도 나를 알고 있는 지인들이나 친구들 역시 나를 바라봐 주고 있다. 만약 그도 저도 없이 외톨이라고 느껴진다 하더라도 우리에게는 나를 이 땅에 살게 해 준 '하나님'이 존재한다. 꼭 어떤 종교가 아니라 하더라도, 나를 바라봐 주고 보살펴주는 절대자가 있다는 생각은 나의 마음을 방황하지 않도록 붙들어 줄 수 있다.

또한 조금은 열악한 상황하에 있다 해도 현재의 상황들에 만족할 줄 아는 것을 배운다면 마음의 안정은 보다 쉽게 찾아올 것이다. '방황' 같은 건 아무것도 아니라고 스스로에게 용기를 북돋울 수 있어야 한다. 몰두할 수 있는 여가 생활을 찾아 보는 것도 도움이 된다. 무언가에 몰두하고 있는 동안, 자신도 모르게 안정되고 정갈해지는 마음을 느낄 수 있을 것이다.

무엇보다 중요한 것은 자신의 방황의 이유를 분석해서 이유나 원인이 되는 것을 제거하는 것이다. 물론 앞서도 말했지만 그런 이유를 찾고자 한다고 늘 찾아지는 것은 아니다. 당장 원인을 알 수 없다고 해서 스스로 지레짐작 포기하는 일이 있어서는 안 된다.

'나'는 세상에서 가장 중요하고 소중한 사람이다. 자신을 존중하고 자존감을 갖는 사람의 마음은 좀처럼 흔들리거나 불안해 하지 않는다. 때로 간혹 그런 방황이 찾아온다 해도 삶을 책임감 있게 받아들이는 사람의 인생은 밝게 빛날 것이다.

소희의 생각

인간은 '감정의 존재'이다. 그러다 보니 감정적인 기복을 완벽하게 피할 수는 없다. 우리 모두는 살아가면서 무수히 많은 도전과 상황들에 직면할 수밖에 없기 때문이다. 하지만 감정의 실체와 허상을 잘 구분해 낼 수 있다면 우리는 그런 기복을 감지하면서도 언제나 행복할 수 있다. 외적인 일시적 문제들은 나의 존재 가치를 깨뜨릴 만큼 강하지 않다.

오늘 태양은 두 번 뜨지 않는다

종교적으로 볼 때 수많은 사후에 대한 약속들이 존재한다. 개인적으로 나는 기독교인이지만, 그런 사후에 대한 희망과는 별도로 현재의 삶에 있어 최선을 다한 삶의 태도가 매우 중요하다고 생각하는 사람이다. 오늘 태양은 두 번 뜨지 않는다. 현재 우리가 살고 있는 '오늘'이라는 하루는 한 번 흘러가 버리면 다시 오지 않을 것이라는 점에서 매우 큰 가치가 있다고 할 수 있다.

하루에 두 번의 아침이 존재할 수 없듯이, 우리가 살아버린 10대나 20대도 다시 맞아할 수가 없다. 이곳 지구별에서의 삶도 이번 한 번이 마지막이다. 사후에 다른 별이나 다른 장소에서의 제2 혹은 제3의 삶은 이것과는 별개의 문제이다. 이곳에서의 삶은 이곳만의 고유성과 특별성이 존재한다고 나는 생각한다. 현재의 삶을 보다 성의 있고 열의 있게 살아야 할 이유이다.

어차피 나의 삶이 한 번이라면 나에게 주어진 삶을 느낌 있고 엣지 있게 그리고 후회없이 살아야 할 것이다. 그러기 위해 삶의 가치관과 목표를 설정하는 일이 매우 중요하다는 생각을 해 본다. 물론, 이제껏 그리 살아오지 않았다 하더라도 아직 '늦었다'고 말할 순 없다. 거대한 시간의 흐름 앞에 각자가 가진 시간은 모두 상대적인 조각일 뿐이다. 영원이라는 시간에 비할 때 각자가 그간 보내 온 시간들은 그다지 큰 차이가 없는 '상대적인 시간'에 불과하다. 중요한 것은 각자가 이곳에서 살아야 할 시간이 몇십 년이건 아니면 단 하루이건 간에 스스로의 삶에 있어 책임감 있는 모습을 보일 것인가 하는 문제인 것 같다.

평생을 방황만 하다가 마음의 뿌듯함이 무엇인지 알지도 못한 채 허망한 마지막을 보내는 것보다, 인생의 방향성을 염두에 두고 푯대를 향해 열심히 나아가는 것이 삶의 건강한 모습이라고 생각된다. 물론 난관을 극복하고 이겨 나가는 것은 각자의 몫일 것이다.

훗날 자신의 삶을 돌아볼 기회가 있을는지 모르지만 후회로 물든 회고를 하지 않기 위해 우린 주어진 시간 내에서 자신의 삶을 아름답고 예쁘게 만들어 나가야 한다고 생각한다. 강사로 그리고 상담가로서의 나의 삶도 사실 이런 소명감으로 인해 생긴 결과물이기도 하다.

역사책을 통해 우린 많은 사람들의 이름을 발견한다. 인상적인 방법으로 역사의 흐름을 바꾸거나 이름을 남긴 사람들의 공통점은, 그들 모두가 삶에 있어 자신의 삶을 사랑했다는 사실이었다. 그리고 그들은 스스로의 삶에 있어 꾸준한 노력과 열정을 마다하지 않았다. 꼭 우리의 삶이 역사책에 남지는 않을지도 모르지만, 우리의 현세에 대한 노력은 우리의 뒷 후세에 긍정적인 영향으로 남아 있게 될 것이다. 다시 한 번 오지 않을 현재의 삶을 위해 최선의 노력을 기울이는 것은 우리 모두의 책임이자 의무일 거라고 생각한다.

소희의 생각

가치 있는 삶이란 무엇일까? 이름을 남기는 삶? 아니면 자유롭고 유유자적한 삶? 나는 그것이 '의미를 부여할 수 있는 삶'이라고 생각한다. 물론 이곳 지상에서의 삶 중 어떤 사람의 삶도 '의미가 없다'고 할 순 없다. 그러나 살아가는 동안 스스로의 삶에 '의미를 찾을 수 있는 시간'들을 보낸다면 그 삶이야말로 진정으로 아름답고 가치 있는 삶이라고 생각한다. 유명해지느냐 아니냐는 사실 별로 중요하지 않다. 자신의 삶에 충실하기만 하다면 우린 얼마든지 삶에 있어 '의미 있는' 가치를 부여할 수 있다. 괜시리 소중하게 느껴지는 오늘 하루… 마음이 뜨거워지고 있다.

고통과 역경은 나를 더 강하게 한다

조금은 서글픈 일이지만, 원하는 목표를 향해 나아간다고 해서 누구나 그 목표를 이루지는 못한다. 끝없는 열정으로 삶을 대하는 사람에게 있어서도, 자신이 원했던 꼭 그대로 모습으로의 결과가 있을 거라곤 보장을 할 수가 없다. 사람은 뜻하지 않은 요행과 변수들을 만나면서 자신의 삶의 모습들이 조금씩 변해가는 과정을 보게 된다.

하지만 그렇다고 해도 우린 원하는 삶의 모습이 아니라, 현재의 모습을 통해 자신의 '실제 모습'을 관찰하고 투영할 수 있게 된다. 사람의 진정한 가치는 삶의 방법에 있지, 삶의 최종적 성과에 있지 않다고 나는 굳게 믿고 있다. 솔직히 말해 어릴 적 내가 꿈꾸던 모습과 지금의 나의 모습이 정확히 일치하진 않는다. 그치만 지금의 내 모습은 내가 애초에 의도했던 것은 아닐지라도 나름의 가치가 있다고 생각한다. 아니, 이전 시간 내가 그리던 삶의 모습보다 좀 더 존재감 있는 모습으로 그려지고 있다.

돌아보면, 뜻하지 않은 일들은 나를 더 강하게 했던 것 같다. 좋아했던 친구의 배신이나 가족의 사별 같은 받아들이기 힘든 고통이나 역경들은 내면의 나를 좀 더 진지하게 돌아보게 하는 계기가 되었다. 작은 일에도 곧잘 토라지거나 힘겨워하던 나는 그런 상처의 시간들을 거치면서 좀 더 대범하고 원숙한 존재가 되었다. 자잘하고 가벼운 일들에 일희일비一喜一悲하지 않는 마음의 강인함이 생겼다.

그런 면에서 고통이나 역경은 나에게 '필요했던 것'인지 모른다는 생각이 들기도 한다. 한 사람의 인간으로 살아남기 위해 스스로에게 용기를 다짐하던 때를 떠올리면, "그래, 소희야 참 잘했어."라는 말을 하게 된다. 맛이 좋고 오래 가는 과일일수록 차고 메마른 지역에서 자란다고 한다. 봄이 씨앗에게 겨우내 얼었던 딱딱한 땅을 뚫어야 하는 도전을 요구하는 것처럼, 때로 삶은 우리에게 뜻하지 않은 고통을 요구하기도 한다. 시련의 계절을 이겨낸 우리는 더 강한 존재가 되어간다.

소희의 생각

추운 겨울은 이후의 계절, 나무들이 어떻게든 자신들의 푸르름을 유지할 수 있도록 하는 내성을 부여한다. 시간의 흐름은 고난을 아름다운 추억이 되게 한다. 그와 동시에 시간은 우리에게 잠시 머물렀던 고난과 역경이 나름의 가치와 의미가 있었다는 사실을 알게 한다. 우린 찬란한 '극복의 시간'들을 보내온 것이다.

우리가 사는 하루는 '영원'을 이루는 시작이다

일을 마치고 집으로 돌아올 때면 나는 하루 일과가 어떠했는지를 생각하게 된다. 나름 보람 있는 하루도 있고, 그냥 맘으로 바쁘기만 했다고 느껴지는 하루도 있다. 그냥 무심히 그리고 무던히 하루를 보내는 것 같지만, 개별적인 '하루'라는 시간이 참 소중하게 느껴질 때도 있다. 뭔가 특별한 일이 있어서라기보다는, 시간의 흐름 속에 새삼스런 뿌듯함이 느껴지면서 '또 하루를 살았구나' 하는 생각이 들기도 하는 것이다.

사실 그 하루들이 모여서 한 달을 이루고, 한 달은 일 년을 그리고 각각의 시간들은 다시 모여 삶이라는 커다란 덩어리를 만든다. 문득 이런 생각이 들기도 한다. 지금 쓰고 있는 이 글을 2백 년 이후에 누가 보게 된다면, 내가 죽었다 하더라도 누군가에게 여전히 영향력을 주고 있는 것은 아닌가 하고 말이다. 그런 취지에서 보자면, 사람은 얼마든지 '영원한 존재'가 될 수 있다.

몸으로서는 함께하지 못하지만 자신의 발자취를 통해 다른 사람에게 영향을 줄 수 있는 '영원한 존재' 말이다. 오래전 현인들이 살았다는 것을 우리가 알 수 있는 이유는 그분들의 발자취가 우리의 주변에 깊게 녹아 있기 때문이다. 사람이 생의 어느 날 죽음을 맞게 된다 하더라도 완전히 죽은 것은 아닐 수 있다. 여전히 살아남아 다른 사람에게 삶의 체취를 느낄 수 있도록 하니 말이다.

그렇다면 우리가 보내는 하루는 '영원으로 통하는 문'이라고 할 수 있다. 우리가 보낸 '오늘'이라는 하루는 훗날 향기로 남아 오래도록 사람들에게 향기로움을 느낄 수 있도록 할 것이다. 아마도 누군가 이 땅에 살았었다는 흔적을 그들은 느끼게 될 것이다.

'하루가 소중하다'는 것은 아마 삶의 흔적이 영원히 남겨질 수 있다는 측면에서 더 의미 깊은 사실이라고 할 수 있는 것인지도 모른다. 오늘 하루가 아름다웠듯, 나머지 날들도 빛나는 것이 되길 매일 바라고 기도한다.

소희의 생각

눈 온 뒤의 절경은 그냥 만들어지는 것이 아니다. 각각의 희고 빛나는 눈송이가 쌓이고 또 쌓여서 만들어지는 것이다. 우리가 보낸 하루가 영원이라는 시간 속에 박혀 오래도록 영향을 줄 수 있다는 사실을 기억한다면 우리는 어떤 시간도 허투루 보내지 않게 될 것이다. 물론 삶에는 유희도 필요하고 즐거움도 필요하다. 그런 유희와 즐거움조차도 우리의 의미 깊은 삶의 시간을 이루는 일부로서 장식될 것이다. 어찌되었건 하루는 모이고 모여서 '영원'을 이룬다. 우리는 영원의 시간 속에 자신의 흔적을 남기는 시간 여행자이다.

행복은 언제나 마음 깊은 곳에 있다

어렸을 때 읽었던 소설 「파랑새」는 '행복'이 늘 우리 곁에, 가까운 곳에 있다는 걸 이야기한다. 엄밀히 말해, 행복은 가까이에 있다고 말하는 것을 지나서, 우리 마음 안에 내재해 있다고 보는 것이 맞다. '이론적'으로 사람들은 이 사실을 어느 정도는 인지하고 있다. 하지만 그건 어디까지나 이론적인 것일 뿐, 대다수의 사람들이 행복과 기쁨을 외부의 것에서 만들어진다고 여기며 살아가고 있다. 방황하는 사람이 많은 이유는 바로 그 때문이다.

요즘엔 많은 사람들이 SNS를 웬만하면 다 이용하고 있다. 그리고 소셜이라는 도구를 사용해서 자신의 행복을 과장되게 자랑이라도 하는 듯 알리고 있다. 물론 자신의 삶의 모습을 다른 사람에게 보이는 것은 그 자체가 뭔가 문제가 있는 것은 아니다. 문제는 자신이 삶에 대해 느끼는 것 이상으로 자신의 삶의 기쁨을 '포장'하려는 데 있다.

사실 나 역시 소셜 계정을 가지고 있고, 그것을 사용해서 부분적으로는 나를 알리고 있다. 어쩜 사람들의 모습은 이미 그들이 '행복'의 범주가 무엇인지를 알고 있음을 드러내는 것 같다는 생각이 들기도 한다. 보송보송한 강아지의 털을 만지면서, 거리를 산책하면서, 맛있는 음식을 먹으면서, 사랑하는 사람과 만나면서, 비오는 날 음악을 들으면서, 카페에서 한가로이 차를 마시면서… 사람들은 그런 일상의 소소함을 페이스북이며 트위터에 올리고 있다. 왜? 행복이 그런 작은 삶의 여운들을 통해서 나온다는 것을 이미 알고 있기 때문이다.

하지만 아이러니하게도 소셜 속에서 보는 그런 모습들과는 다르게 행복을 엉뚱한 곳에서 찾으려고 한다. 좋은 집, 좋은 차를 가지기 위해서 돈을 많이 벌어야 한다는 식의 생각들을 하고 있는 것이다. 음식을 먹고 나서 느껴지는 포만감, 친구를 만나서 잡은 손을 통해서 느껴지는 체온, 이런 것들에 이미 행복이 녹아있다는 생각을 하지 못하고 있는 것이다.

페이스북에 차를 마시는 자신의 사진을 올리면서도 차를 마시기 위해서 돈이 필요하다는 것이나 여유로움을 소유하기 위해서는 재정적 안정이 필요하다는 식의 생각을 먼저 떠올리는 현대인들을 보면 씁쓸함을 넘어 실소가 나오기도 한다. 꼭 그런 식의 사진을 남기지 않는다 하더라도 혼자 먹는 식사 후의 숭늉 한 사발 속에도 재미와 나름의 정취가 있다고 생각하는 사람은 많지 않은 것 같다.

어떤 사람들에게 세상은 수많은 고통과 혼란으로 가득 찬 곳이라고 여겨지기도 한다. 물론 이런 식의 생각이 부분적으로 아주 틀린 것은 아니다. 그러나 그런 삶 가운데 깨닫는 것이 바로 내면의 평화와 아름다움이기도 하다. 삶의 행복이 내면의 가치에 있다는 것을 알고 있는 사람들 호주머니 속에는 꿈이 있다. 그래서 늘 행복할 수가 있다. 하지만 행복의 가치를 모르는 사람들에게 비어 있는 호주머니는 욕심으로 채워진다.

행복의 가치를 아는 우리는 삶을 살아가는 것 자체에 행복의 의미를 둔다. 하지만 행복이 외적인 것에 있다고 여기는 사람들은 달리기가 끝난 이후에서야 행복이 결정된다고 생각한다. 행복이 늘 자신의 내면에 있다고 생각하는 사람에게 삶은 재미있고 흥미로운 것일 수밖에 없다.

외적인 아무런 제약을 받지 않고 지금 이 글을 읽고 있는 것도 하나의 행복이 아닐까? "행복이 지금 바로 여기에 있다"는 말은 하나도 틀린 이야기가 아니다.

♡ 소희의 생각 ♡

많은 사람들은 '행복' 그 자체를 소유물처럼 생각하기도 한다. 이미 자신의 마음 안에 들어차 있는 것이 행복이고, 이미 들고 있는 것이 행복이면서도 뭔가 그 이상의 것이 필요하다고 늘 생각하고 있는 것이다. 손에 스마트폰을 들고 있으면서도 '내 폰이 어딨지?'라며 두리번거렸던 기억이 누구에게나 있다. 다른 곳에서 전화 한 통, 메시지 하나를 받고 나서야 자신이 들고 있는 것이 스마트폰이라는 걸 깨닫는다. 삶에도 그런 갑작스런 번득임이 필요한 것은 아닐까? 누군가 관심을 가지고 전화벨을 울려줄 필요는 없는 것일까?

언제나 사랑이 최고야!

성경에는 "천사의 언어로 말할지라도 우리에게 사랑이 없다면 아무 소용이 없다"는 말이 있다. 정말 그런 것 같다. 꼭 천사의 언어가 아니라 할지라도, 주변에서 영어를 잘하는 사람을 만나면 정말 부럽기도 하다. 하지만 소통하는 그 언어 속에 사랑이 없다면 무슨 소용이 있겠는가? '소통'이라는 것 자체가 아무런 의미가 없을 것이다.

나에게 있어 사랑은 '생명'과 같은 것이라고 생각되어진다. 생명을 탄생시킨 엄마에게 '사랑'이 없다면 아기는 제대로 된 양육을 받지 못할 것이다. 함께 더불어 살아가는 인간에게 사랑의 부재는 그 사람이 '살아가야 할 이유'를 잃어버린 것에 비할 만한 일이다. 다른 사람을 위해서 나눔 활동을 하고, 시나 소설을 쓰며, 음식점에서 다른 사람이 먹을 음식을 만드는 일을 하면서도… 사랑이 그 안에 없다면 부작용이 있을 수밖에 없다.

사랑만 있다면 어떤 오해든 쉽게 풀릴 수가 있다. '그 사람이 그럴 사람이 아니야. 뭔가 이유가 있겠지.' 하는 식의 추리를 자연스럽게 하게 된다. 사무치는 아픔을 경험하고 나서도 내면의 사랑이 있다면 어떤 식으로든 삶은 다시 회복된다.

내 경우, 강연을 하기 전 일부러라도 청중에 대한 애정을 갖기 위해서 노력한다. 그리고 내가 사람들에게 애정을 가지는 만큼 사람들도 나의 강연에 감동을 받게 된다는 것을 느끼고 있다. 어떤 사람들은 강연 중에 눈물을 흘리기도 한다. 마음 안에 내재해 있는 사랑이란 바로 그런 것이다. 따로 대단하게 표현되지 않더라도 스스로 전해지는 것… 이게 바로 사랑이다.

내게 있어 사랑은 하나의 '식물'과 같다는 생각이 든다. 잘 자라도록 관심을 주면 잎에서는 윤이 나고 새순이 점차 돋아난다. 그러다가 며칠 물을 안 주고 무관심하면, 언제 관심을 주었냐는 듯 금방 시들시들해져 버리고 만다. 오랫동안 관심을 주었다가도 금새 생기가 사라질 수 있는 것이 바로 사랑이다.

'토닥토닥'의 기본은 바로 사랑이다. 이 일을 처음 시작할 때도 그랬고, 지금도 '사랑'은 나에게 가장 중요한 화두이다. "당신은 사랑받기 위해 태어난 사람~" 어디선가 들리는 익숙한 노랫소리가 오늘 따라 새롭게 느껴진다.

소희의 생각

사람은 사랑에 살고 사랑에 죽는다. 울어도, 웃어도, 화를 내도… 우린 사랑에 아파하고 사랑에 행복해 한다. 사랑을 먹고 사랑을 마시는 우리는…. 바로 사랑이다.

네 자신이 누군지 알려면 너의 주변을 봐

언젠가 "너는 어떤 사람이야?"라는 질문에 잠시간 망설였던 적이 있었다. 나를 제일 잘 아는 사람이 바로 '나'라고 생각했었는데, 머릿속이 하얘지며 아무 생각이 나질 않는 것이었다. 순간 든 생각… '나는 어떤 사람이지?' 조금 우습게도 나 역시 스스로에게 질문을 하고 있었다.

'너는 어떤 사람이냐'는 식의 질문에 대해 사람들은 이런 저런 말을 하기도 한다. 하지만 그런 대답들은 실제 나 자신의 모습이라기보다는 다른 사람에게 비춰지고 '싶은' 나 자신의 모습인 경우가 많다. 스스로를 검토하고 나 자신의 본질을 알아낼 수 있는 좀 더 냉정하고 좋은 방법은 없는 것일까?

사실 모든 관계는 거울이다. 이 말을 뒤집으면 나와 관계를 맺고 살아가는 주변 사람들을 보면 내가 어떤 사람인지가 드러난다는 이야기이다. 아침마다 나는 거울을 보며 옷매무새를 바로잡곤 한다. 우리는 거울을 통해 스스로의 움직임을 관찰할 수 있다. 얼굴에 묻은 먼지나 턱 밑에 붙은 밥풀도 금세 알아차릴 수 있다.

자신이 스스로를 너무나 잘 안다고 해도 외부의 눈으로 봐야만 알 수 있는 특유의 것들이 있다. 거울은 그렇게 할 수 있는 아주 요긴한 도구이다. 나와 가장 친한 사람은 누구일까? 가장 많은 시간을 보내는 사람은? 결국 우리는 자신이 익숙한 것과 가까이하게 된다. 인간관계도 마찬가지이다. 주변 사람들이 사랑이 많고 동정심이 많은 사람들이라면, 나 자신도 그와 유사한 사람이기 쉽다.

이건 비단 '사람'과 관련해서만 적용되는 것은 아니다. 좋아하는 사물이나 물건, 영화, 행동을 결정짓는 관념이나 가치관, 이 모든 것들이 나와의 '관계' 속에 존재하는 것들이다. 믿기 힘들지 모르겠지만 우리는 이 모든 것들과 매일매일 '대화'를 한다. 함께 교감을 한다는 이야기이다.

나 자신이 어떤 사람인지를 알기 위해서는 스스로를 진지하게 들여다봐야 한다. 그러나 어떤 사람에게는 그것이 쉬운 일이 아닐 수 있다. '들여다본다'는 것 자체가 무엇을 의미하는지 잘 모를지 모른다. 결국 우리가 취할 수 있는 가장 쉬운 방법이 바로 나와의

'관계' 속에 있는 모든 것들을 관찰해 보는 것이다.

사실 자신에 대해 진지한 생각 없이 별스럽지 않게 살다가 '나 자신이 누구인가? 어떤 부류의 사람인가?'를 생각하게 되면 순간적으로 멈칫하게 될 수 있다. 내가 그랬던 것처럼 말이다.

나의 '실제' 모습은 내가 사람들에게 '보이고 싶은' 모습과는 크게 다를 수 있다. 어쩜 나의 진짜 모습은 대중적이고 대외적인 삶이 아니라 사적이고 개인적인 곳에서 더 정확하게 드러날지 모른다. 나의 주변을 예쁘고 사랑스러운 것들로 채워야겠다는 생각이 든다. 내가 주변을 물들일 수도 있지만 나 역시 주변의 것들에 의해 가치 있는 사람으로 물들 거라는 걸 알고 있기 때문이다.

소희의 생각

우리 집에는 내가 즐겨 사용하는 커피 잔이 하나 있다. 커피를 마실 때면 그 잔을 사용하곤 했는데, 언젠가 그 잔에 살짝 커피물이 들어 있다는 것을 알게 되었다. 분명히 열심히 설거지를 했는데 커피의 연갈색이 살며시 보이기 시작했다. 인간관계나 모든 관계도 마찬가지일 것이다. 나는 주변의 것들에 의해 물들어 가고 있다. 그러니 주변에 무엇을 '놓아두느냐'는 정말 중요한 문제이다. 믿음직하고 사랑스러운 사람을 주변에 두는 것만큼 훌륭한 일도 없을 것이다. 나도 내 주변의 누군가에게 곁에 두고 싶은 훌륭한 사람 중 하나일까? 그런 사람이 되기 위해 노력해야 할 것 같다.

일단 적극적으로 들이대고 보는 거야

내 주변에는 훌륭한 분들이 많은 편이다. 좋은 분들과 벗 관계를 누리며 산다는 것은 어쩌면 행운인지도 모른다. 솔직히 말해 좋은 사람들을 일부러 만나려 해도 쉽게 찾아지지 않는 것이 현실인 때가 많다. 단지 좋은 특성만 가지고 있다고 되는 건 아닌 것 같다. 좋은 사람인 건 맞는데 어떤 사람과는 코드가 달라서 뭔가 어색한 느낌이 들 때도 있다.

주변 훌륭한 분들 가운데 '송수용' 대표님이 계신다. 이분은 사람들에게 DID로 잘 알려지신 분이다. DID란 '들이대'라는 말을 영어식으로 음역화해서 첫 머리글자를 딴 것이다. 이분의 '들이대'라는 말은 먼저 솔선수범하고 적극적이 되어 다른 사람에게 다가서라는 말씀이시다.

이게 참 쉽지가 않다. 용기도 필요하고 겸손함도 필요하다. 내성적이어서 수줍음을 탄다면 더없이 힘든 게 바로 '먼저 다가서기'이다. 게다가 거절당할지 모른다는 염려가 더해지면 아무렇지 않다고 생각되던 인간관계는 다소 긴장되는 것이 될 수도 있다. 하지만 실제로 직접 해보니 처음에만 조금 힘겹다고 느껴질 뿐, 사람들과의 관계가 즐거워지고 그 상황을 즐기게 되었다.

무엇보다도 자기 자신에게 도전해야 한다. 할 수 있다는 자신감을 가지는 것이 가장 중요하다는 생각이 든다. 사실 내가 다가서려고 했던 그 누군가도 알고 보니 나와 친해지고 싶었다는 걸 알게 되는 순간이 있다. 관계란 먼저 다가서는 사람이 아쉬운 쪽이 아니라 먼저 다가서는 사람이 '이기는 것'이라는 생각이 든다. 그건 다른 차원에서 보면 하나의 배려라고도 할 수 있다. 상대방이 다가서기 전에 먼저 관심을 보이는 건 그에게 인간관계로서의 연관성의 기회를 주는 것이기 때문이다.

송수용 대표님의 '들이대'라는 것은 다른 사람의 의견을 고려하지 않고 마냥 들이대는 것을 의미하지는 않는다. 이분의 두 번째 책의 제목은 '정성'이라는 타이틀을 가지고 있는데, 다른 사람에게 다가설 때 내면의 '정성'을 다할 필요가 있다는 점을 지적하고 싶으셨다고 한다. '정성과 배려가 가득한 들이댐'이 인간관계에 있어서 무엇보다 중요하다는 아주 중요한 메시지인 것이다.

솔직히 관계 안에서의 유쾌함은 얼마든지 만들어질 수 있다. 앞으로 있을 상대방과의 미래를 생각하면서 적극적으로 다가서 보는 것도 스스로의 발전을 위해서 큰 도움이 될 거라는 생각이 든다. 그리고 그러한 다가섬은 '사랑'의 표시이기도 하다. 누군가에 대해 관심이 있다는 것을 드러내는 것이기 때문이다. 사랑의 유쾌함 안에서 사람은 더 행복해질 수 있다. 오늘 그런 유쾌함에 '퐁당' 빠져 보는 것은 어떨지? 삶의 설렘은 그렇게 온다.

소희의 생각

내가 다가서면 상대방은 한걸음 물러날 것 같지만 실은 그렇지가 않다. 하나의 관계 속에 들어온 그 사람은 안정감을 느낀다. 이건 남녀 사이의 프로포즈와는 완전히 다른 것이다. 삶의 스토리를 함께하려는 대외적인 활동인 것이다. 누군가를 알게 되는 순간 나에게 또 다른 세계가 열린다. 그 사람의 생각과 가치관, 그리고 그 사람이 알고 있는 또 다른 인프라가 내 것이 될 수 있는 가능성이 생기는 것이다. 삶은 관계 속에서 더 풍요로워지고 즐거운 것이 된다.

자신감이 가장 큰 매력이야

개인의 발전을 막는 가장 해로운 것 가운데 하나가 바로 '열등감'이다. 그런 사람의 마음은 분노로 가득 차 있는 경우가 많다. 자신이 다른 사람에 비해 여러모로 부족하다고 여겨지는 것들에 지나치게 치중한 나머지 늘 세상을 어둡게만 본다. 자신을 그렇게 만든 세상이나 자신에게 허락된 열악한 환경에 대한 말할 수 없는 격한 감정을 느끼는 사람도 있다.

스스로를 신뢰하고 자신감을 부여한다는 것은 매우 중요한 부분인 것 같다. 이 세상의 발전은 '할 수 있다'는 자신감을 가진 사람들의 끊임없는 시도에 의해 이루어졌다. 물론 자신감이 항상 좋은 것만은 아니다. 과도한 자신감은 부작용을 가져오기도 한다. 비현실적인 생각들로 어떤 일들에 섣불리 뛰어들게도 하는 것이다.

하지만 불안하고 어두운 열등감에 사로잡혀 있는 것보다 긍정적이고 밝은 자신감을 가지는 것이 여러모로 개인에게 유익하다. 주변을 살펴보면 언제나 자신감에 차 있는 분을 보곤 하는데, 그런 분들에게는 왠지 친해지고 싶은 느낌이 생긴다. 자신감이 그 사람의 매력이라고 할 수 있는 것이다.

가진 것이 아무것도 없어도 스스로에 대해 적극적인 열의를 가진 사람은 왠지 세상 모든 것을 가진 것 같은 착각이 느껴진다. 너무 비현실적이지만 않다면, 스스로에 대해 긍정적이 되는 것은 주어진 일을 의미 있고 활기차게 진행하도록 하는 추진력이 된다. 그것은 모든 것들의 출발점이다.

기왕이면 나도 나의 일을 함에 있어 자신감을 가지고 매사를 대하려고 하는 편이다. 내 주변분들은 나더러 "소희님을 만날 때면 나까지 덩달아 생기가 돋는 것 같아요!"라고 말하곤 한다. 스스로의 삶에 대해 '언제나' 생글거리는 모습을 보이기는 어려울지 모르지만, 적어도 그런 삶을 살기 위해 '노력'한다는 건 매우 중요한 것 같다. 삶은 자신감을 가지고 적극적으로 살아가려는 나에게 대체로 좋은 결과들을 가져다주었다.

근래 들어 새로운 인프라들이 주변에 생겼다. 이전에 있었던 정감 있는 사람들에 더해서 자신의 꿈에 대해 진취적인 뜻을 품고 있는 활기 넘치는 사람들이 나의 삶으로 들어왔다. 그런 사람들에

둘러싸여 나의 생각들과 앞으로의 비전에 대해 말할 때면 나도 모르게 즐거워지고 행복해지는 느낌이 든다.

지신의 삶을 자신감으로 만들어 가는 사람들에게 삶은 부정적인 미래를 제시하지 않는다. 때때로 자신이 의도하지 않았던 결과가 생긴다 하더라도 스스로를 믿는 사람은 쉽게 낙담하거나 우울해 하지 않는다. 언젠가는 자신이 믿는 바대로 삶이 조정될 거라는 걸 알기 때문이다. 그런 사람들에게는 의미 있고 즐거운 삶의 장면들이 다가올 수밖에 없다.

소희의 생각

자신감과 열등감을 가진 사람은 표정부터가 다르다. 스스로의 일에 적극적인 영을 가진 사람의 얼굴이 당연히 더 밝고 즐거울 수밖에 없다. 그리고 주변 사람들은 자연스럽게 더 밝고 명랑한 표정을 가진 사람과 일하고 싶어 한다. 이러니 두 사람의 미래가 다를 수밖에 없다. 자신감에 가득 찬 사람은 더 많은 '기회의 문'을 얻는다. 더 많은 '기회의 문'을 얻는다는 것은, 삶에 있어 더 많은 선택의 자유를 얻는 것이라고 할 수 있다. 그중에는 뜻하지 않는 행운의 기회들도 있다. 단지 마음 안에 있는 한 조각의 마음이 이렇게나 다른 결과들을 만들 수 있다는 것이 정말 놀랍다.

일단 대화로 까놓고 말해

사람들 중에는 상대방의 마음이 상할 것을 우려해 에둘러 말하는 경향이 있는 사람이 있다. 또 어떤 사람은 확실하게 자신의 의견을 말하길 즐기는 사람도 있다. 나의 경우엔 후자 쪽이다. 솔직히 말해서 나는 에둘러 말하는 것에 익숙하지 않다. 왠지 모르게 답답하고 돌아가는 느낌이 들어 선호하지 않게 되는 것 같다.

좋은 걸 좋다, 싫은 걸 싫다고 직접적으로 표현해야 나중에 생길 수 있는 오해도 줄일 수 있는 것 같다. 물론 어떤 게 답이라고 단정하긴 어렵다. 각각의 스타일엔 나름의 매력과 장점들이 존재한다. 하지만 감정에 충실한 것은 분명히 필요한 문제인 것 같다. 오래도록 감정이 드러나지 않아 안에서 곪고 썩다 보면 나중에는 돌이킬 수 없을 정도로 상황이 심각해져 있는 경우가 발생할 수 있다.

미래를 함께하려는 동반자나 파트너에게 있어 '대화'는 매우 중요한 요소이다. 대화가 통하지 않는 사람은 자신만의 세계에 갇혀 자칫 '이기주의'에 빠진 사람으로 오인되기 쉽다. 사실 대화는 '이해'라는 걸 전제로 한다. 누군가를 '이해'하기 위해서, 잘 모르는 사실을 더 잘 '이해'하기 위해서 그리고 '오해'에 빠지지 않기 위해서 필요한 것이 바로 '대화'이다. 이해 부족은 현실과 이상의 괴리를 만들어낼 수밖에 없다. 이상이 너무 커서 현실과 동떨어져 있다면, 제 아무리 훌륭한 이상일지라도 부작용을 만들 수밖에 없다.

배려 차원의 문제가 아니라면 돌아가지 말고 까놓고 말하는 것은 어떨까? 때론 돌직구가 필요할 수도 있다. 너무 직접적인 말들이 다소 강하게 느껴질 수도 있지만 그건 나의 의견을 확실하게 전달하는 일종의 배려일 수 있다. 훗날 생길 수 있는 오해를 줄이는 아주 간단한 방법인 것이다.

소희의 생각

'토닥토닥'에도 강함은 존재한다. 자신의 의견을 양보만 한다고 무조건 '배려'는 아니다. 우리가 배려하고 양보하려는 것은 상대방의 '감정'이지 '가치관'이 아니기 때문이다. 사람에게는 바뀔 수 없는 자신만의 생각과 개성이 존재한다. 모든 배려는 그런 것들이 존중 받는 가운데서 이루어져야 한다. 물론 서로의 의견이 다를 순 있다. '다름'을 '틀림'으로 보지만 않는다면 우리는 얼마든지 서로의 입장을 존중하면서 자신의 삶을 꾸준히 살아갈 수 있다. '공존'이라는 대전제를 꺾을 수 있는 것은 아무것도 없다.

나를 풍요롭게 하는 만남

인간은 절대로 혼자서는 살아갈 수 없다. 그리고 만남을 통해 서로의 이해관계를 조정해 나간다. 누군가의 성공에는 그 성공을 뒷받침해 주었던 다른 사람들의 협조와 협력이 반드시 있었다고 생각해야 옳다. 결국, 우리 각자의 삶의 진행이나 성공에도 많은 사람이 도움이 필요하다고 할 수 있다.

어떤 사람들은 자신의 성공에 대해 '스스로의 힘'으로 이룬 것이라고 말하기도 한다. 그것은 사실이 아니다. 설사 성공은 홀로 만들었다고 하더라도 성공의 가치를 확대시키기 위해서는 다른 사람들의 도움이 절실히 필요하다. 어찌 되었건 아무도 없는 무인도에서의 성공을 의미 있는 것이라고 말해 줄 사람은 아무도 없다. 누구든 그 성공에 관여해야 한다는 이야기이다.

근 2년 동안 나는 수많은 사람을 만났다. 그중에는 작가, 강사, 교수, 교사, 상담가 등 다양한 직업군의 사람들이 포함되었다. 개중에는 나와 특별한 벗 관계를 누리며 무척 친밀한 사이가 된 사람들도 있다. 만남은 나를 풍요롭게 한다. 그 만남을 통해서 나는 재정적인 기반의 틀을 만들기도 하고 감정적인 위로를 얻기도 한다.

삶을 다채롭게 하는 만남은 정말 나를 행복하게 한다. '인간人間'이라는 말이 의미하듯 우리는 관계 속에서 살아간다. 서로에게 있어 서로가 절실히 필요한 이유이다.

소희의 생각

모든 만남은 우연이 아니라고 생각한다. 어쩌면 우리가 존재하지 않았던 오래전부터 인연의 끈이 이어져 있는지 모른다고 나는 생각한다. 그러하기에 모든 만남은 소중하다. '악연'이 있다고는 하나, 그것은 이후의 삶에서 만들어진 것에 불과하다. 소중한 인연을 어떻게 만들어 갈 것이냐는 전적으로 우리 각자에게 달려있다. 이 책을 읽는 독자와 나는 과연 어떤 인연으로 연결되어 있었던 것일까? 잠시간 생각에 잠겨본다.

못난이가 가지고 있는 가방 '질투'

여자들에게 가방은 하나의 자존심이라고 할 수 있다. 하이힐과 비슷하게 여자들은 가방에 특별한 의미를 부여한다. 왜 그렇게 되었는지는 솔직히 나도 잘 모른다. 명품백은 소위 '있는 여자들'의 상징처럼 되어 버렸다. 뭐… 꼭 값나가는 백이 아니라 해도 여자들은 집 밖으로 나갈 때면 으레 뭐 하나는 손에 들고 나가야 한다는 생각을 하곤 한다. 그렇지 않으면 뭔가 어색함을 느낀다.

세상에 존재하는 모두는 자신을 어색하게 하지 않을 가방을 하나쯤 필요로 하는 것 같다. 때론 그 가방은 자신의 뱃살을 가리는 것이 되기도 하고, 덜렁덜렁 휘젓고 다니는 두 손을 차분하게 하는 그 무언가가 되기도 한다. 사람들이 하나쯤 가지고 다니는 그 가방이란 바로 누구에게나 있는 '존재감'이라는 것이다.

그런데 그 '존재감'을 대신하는 못난이들의 가방도 있다. 그건 '질투'라는 것이다. 질투심이란 일종의 자기 열등감의 표현이다. 흔히 그런 질투심은 자존감이 없는 사람에게서 나타난다. 질투는 어떤 면에서는 매우 무서운 특성이다. 아무 이유도 없이 누군가를 미워하게도 하고, 때론 누군가를 해코지하는 이유가 되기도 한다.

이 부면에서 "나는 예외야"라고 할 수 있는 사람은 아무도 없는 것 같다. 질투심은 누구에게나 생길 수 있다. 질투심에 사로잡혀 자신의 인생을 망치는 일이 없도록 하기 위해 할 수 있는 일은 없는 것일까? 나는 그렇게 할 수 있는 방법이 스스로의 자존감을 갖는 것이라고 생각한다. 남들이 알아주건 알아주지 않건 자신의 가치를 인식하는 사람은 누군가를 쉽사리 질투하지 않는다.

길에서 주운 100만 원짜리 수표를 똥이 묻었다거나 구겨졌다고 그대로 버릴 사람은 없다. 왜냐하면 그 수표의 가치는 외적인 더러움에 의해서 바뀌는 것이 아니기 때문이다. 자신의 가치를 인식하는 사람은 일시적인 구차함이나 상대적인 부족함을 느끼게 되더라도 크게 연연해하지 않는다. 세상 그 누구보다 '나'는 중요하고 소중한 사람이기 때문이다.

자존감이 없는 사람에게 그들의 자존감을 채울 것은 외적인 것밖에 없다. 집이나 자동차, 엣지 있어 보이는 소유물 같은 것들이다. 그런 사람들의 삶은 상대적으로 허할 수밖에 없다. 자신들을 보아주는 외부의 시선이 없다면 결국 그들에게 남는 건 아무것도 없다. 외적인 시선들에 의해서 충족되는 자존감이 그들의 전부였기 때문이다.

나 자신을 검토할 필요도 있다고 생각한다. '나를 지탱하게 하는 내적인 힘은 무엇으로부터 나오는가?' 하고 말이다. 좀 더 가치 있는 사람, 빛나는 사람이란 내면에서 느껴지는 에너지가 밖으로 표출되는 사람일 것이다. 나 역시 그런 사람이 되기 위해 노력하려고 한다.

소희의 생각

고난은 외적인 압박에 의해서도 올 수 있지만 '상대적' 빈곤감에 의해서 발생하기도 한다. 어쩜 그런 경우는 우리의 생각보다 훨씬 많을지도 모른다. 왜냐하면 많은 사람들이 자신의 소유물 가운데서도 우울함을 느끼고 있기 때문이다. 삶을 위협하는 것들로 인해 불행해 하는 게 아니라, 더 가지지 못해 불행해 하는 사람들 투성이이다. 있는 것 안에서 만족하고 스스로의 자존감을 발견해 나가는 것이 행복한 삶을 살 수 있는 현명한 방법이라는 생각을 해 본다.

함께하는 애틋함의 시초는 '믿음'에서 시작된다

진정으로 행복한 사람은 어떤 사람일까? 누군가로부터 사랑받고 있다는 것을 느낄 수 있는 사람 아닐까? 함께하고 싶고 붙어 있고 싶은 사랑하는 사람이 있다는 건 정말 가슴 설레는 일이다.

하지만 그 모든 사랑의 애틋함에도 반드시 선행되어야 하는 것이 있다. 그건 바로 '믿음'이다. 한 남자가 한 여자에게 고백을 한다. 그리고 그 둘은 서로에 대한 설레는 감정으로 행복한 나날을 보내게 된다. 그런데 시간이 흘러 그들에게 약간의 오해가 생긴다. 그리고 그들은 그런 상황들로 인해 스트레스를 느낀다.

이건 아주 특별한 이야기가 아니다. 한번쯤 연애를 해본 사람이라면 누구나 경험했을 거라고 생각한다. 두 사람은 서로에 대한 조심스러움이 있다. 그런데 둘 중 누군가가 살짝 바빠지고 전화를 못 받게 되거나 문자에 제대로 응대를 할 수 없게 된다. 사실 알고 보면 이건 그냥 매우 간단하고 별스럽지 않은 문제이다. 생활상의 분주함 때문에 어느 한순간 전화를 못 받은 정도의 아주 작은 일인 것이다.

그런데 상대는 별의별 생각을 다 한다. 그 사람이 내가 싫어진 것은 아닐까? 심경의 변화가 온 건가? 이전의 사랑이 식은 건가? 갖가지 오해가 생기기 시작하다가 자신이 느낀 오해를 입 밖으로 내는 순간 그 오해는 '진짜'가 되어 버리고 만다. 실제 존재하지 않았던 문제들이 "지금 너 나 못 믿는 거니?"라는 말과 함께 현실이 되어 버리고 마는 것이다. 이런 애정의 굴곡들을 거의 대부분의 연인들이 경험한다.

만약 초창기 연인들에게 믿음이란 게 있다면 어땠을까? '그 사람이 나를 저버릴 사람이 아니지, 뭔가 다른 사정이 있을 거야.'라고 생각하면 정말 별스럽지 않게 오해들은 없어지거나 아예 생기질 않게 될 것이다. 뭐 이쯤 되면 이미 결혼한 정도의 수준이 아니겠는가 하고 웃을 사람도 있을 것이다. 연애가 재미있는 이유는 어쩌면 앞서 언급했던 감정의 굴곡들이 존재하기 때문인지도 모른다.

어쨌거나 애틋함과 사랑이 오래도록 지속되기 위해서는 '믿음'이라는 게 필요하다. 이건 비단 '연애'를 두고만 하는 이야기는 아니다. 거의 모든 삶의 장면들에 '믿음'은 관계를 지속하도록 하는 아주 중요한 요소가 되고 있다.

서로에 대한 애틋함을 갖게 하는 단초가 '믿음'이라는 것을 기억한다면, 우리는 '불신'이라는 단어를 저 멀리 치워버리고 싶어 할 것이다. 불신은 '불행'의 또 다른 이름이니까 말이다.

소희의 생각

개인적으로 사람과 사람 사이에 '믿음'이 제일 중요하다고 생각한다. 믿음이 있어야 다른 사람에 대한 기대가 생길 수 있고 그 사람을 사랑할 수 있기 때문이다. 물론 사랑이 가장 탁월한 특성이라고 말하는 사람도 있다. 그러나 그것도 '믿음'이 선행되지 않으면 아무런 소용이 없다. 믿음이 우리를 살아있게 한다.

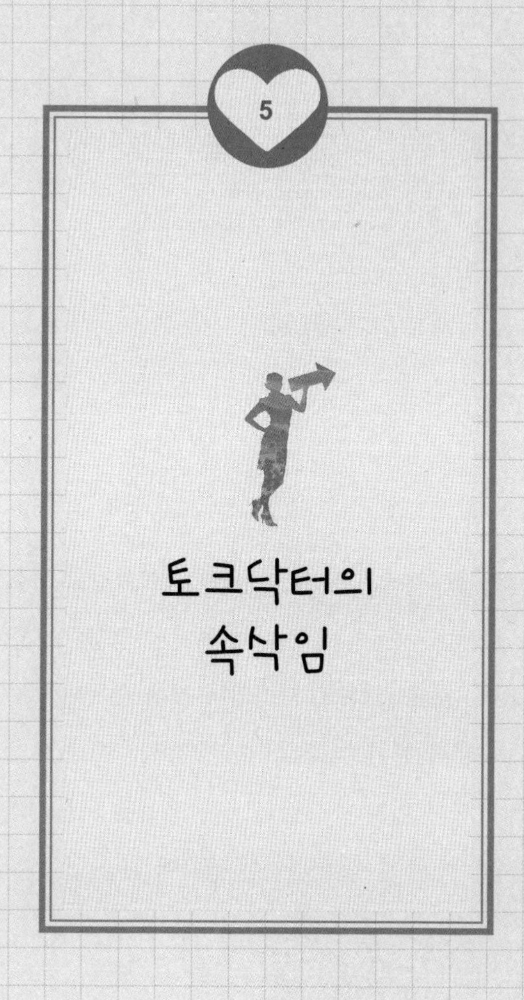

5

토크닥터의 속삭임

웃음은 최고의 무기

누군가는 "인류 최고의 무기는 웃음Smile."이라고 표현했다. 그러고 보면, 사람들은 '웃음'이라는 것에 가장 영향을 많이 받는 것 같다. 재미있는 것에 반하고, 재미있는 것에 중독된다. 가장 오랫동안 꾸준히 사랑받는 TV 프로그램들 중에는 개그 프로그램이나 코미디 프로그램이 언제나 포함되었다. 웃음은 사람들의 삶에 가장 많은 영향을 미친 것 중 하나라는 생각이 든다.

주변을 살펴보면 많이 웃으려고 노력하는 사람의 삶은 실제로도 즐거운 일들이 많이 생기는 것 같다. 물론 삶 속에서 고난을 완전히 없앨 수는 없다. 하지만 고난은 삶에 빛을 더하고 위대한 삶을 가능하게 하는 수단이 될 수 있다는 생각이 든다. 고난을 통해 사람은 인생을 새롭게 발전시킨다. 고난이 우리에게 속삭이는 소리를 그대로 버리지 않고 우리의 삶에 교훈으로 적용한다면 우리는 보다 멋진 인생을 살 수 있게 될 것이다.

스스로의 삶에 대해 기꺼이 웃을 수 있는 것은 아무나 할 수 있는 일이 아니라고 한다. 정신적으로 깨어 있거나 깊은 성찰에 이른 사람만이 가능한 정신적 수양의 단계라고 한다. 만약 우리가 자신의 삶에 대해 그리고 어려움에 대해 미소로 대할 수 있다면 우린 인생을 그다지 허투루 살지 않았다고 할 수 있다.

미소 띤 얼굴에 대해 욕설을 하고 과격한 행동을 할 수 있는 사람은 많지 않다. 웃음은 많은 사람을 무장해제 시킨다. 웃음이 매우 강력한 무기라고 하는 데는 비로 이런 이유가 있는 것이다.

미소가 삶을 온전히 장식할 수 있을 때, 세상은 더 아름다운 곳이 될 거라고 나는 확신한다.

소희의 생각

누군가 나에게 "웃는 모습이 예쁘시네요."라고 말했던 적이 있다. 지나고 보니 웃고 있는 내가 예뻤던 게 아니라 '웃음 자체'가 가진 아름다움이 있다는 생각이 든다. 웃음은 세상에 있는 모든 사람은 '미남 미녀'로 만들어 준다. 단지 혼자서가 아니라 함께 웃을 수 있는 유쾌한 세상을 꿈꾸어 본다.

사랑도 일도 결국 작은 것부터 하나씩

우리의 삶은 아주 작은 말과 행동으로 이루어져 있다. 그 하나하나가 모여 우리의 삶을 만들어낸다. '생활의 변화를 가져온다'는 말은 대단해 보이지만 작은 것들을 실천하려는 노력이 그런 '삶의 변화'를 가져올 수 있는 것은 아닐까 하는 생각이 든다. 일도 사랑도 모두 작은 일들이 만들어낸 결과물들이다.

자기개발 프로그램들을 들어보면, 미래를 설계한다든가 비전을 제시한다는 등의 엄청난(?) 이야기들을 한다. 하지만 결국 그 모든 것들도 우리 개인의 작은 습관이나 행동들이 단초가 되어 바뀌어지는 것들이다. 미래? 글쎄…. 미래에 대해 우리가 확실하게 말할 수 있는 것은 아무것도 없다. 미래는 그냥 꿈을 통해 설계되는 가상의 공간은 아닐까? 작가가 넓은 의식의 공간 속에 스토리를 만들어 내듯이 우린 미래라는 공간 안에 꿈이라는 재료로 우리만의 작품을 만들어 가고 있다.

이야기했듯이, 이 세상에 존재하는 것 어느 하나도 '번쩍' 하고 한 번에 만들어지는 것은 없다. 우리의 작은 행동, 작은 생각 하나 하나가 모여서 큰 그림들을 그려내는 것이다. 말하고 싶은 요점은 이것이다. 우리의 꿈이건, 사랑이건, 일이건… 모든 것은 아주 작은 일에서부터 시작한다는 사실이다. 너무 한 번에 큰 성과를 바란다든지 급하게 진도를 빼려고 해서는 아무것도 가능하지가 않다.

처음부터 큰 것을 만들어 내기보다는 작은 목표들을 하나씩 단계적으로 만들어 가는 것이 필요하다. 작은 성과들이 모여 결국 큰일들을 이루어 낸다. 작은 일들을 순차적으로 이루어 나가는 것이 우리에게 유익한 이유는 '작은 성취'를 통해서 얻은 자존감이나 만족감이 미래로 나아가게 하는 에너지가 되기 때문이다.

지금 우리에겐 전혀 생소한 어떠한 것들을 다가오게 하기보다는 지금 우리 곁의 모든 것들부터 소중하게 대하는 자세가 필요할지 모른다. 그렇게 서서히 익숙해진 주변 것들이 주변으로 확대되면서 우리의 물질적, 정신적 자산은 늘어나게 되어 있다. 사랑도 마찬가지이다. 처음부터 과한 스킨십으로 누군가를 대하려 해서는 아무것도 이룰 수가 없다. 모든 일에는 순서가 있다.

원대한 목표를 달성하는 것은 어린아이가 걷는 법을 배우는 것과 똑같이 이루어진다. 비틀거리면서 내딛는 한 발 한 발이 결국 성인으로의 발걸음으로 발전한다. 최초의 걸음은 익숙해지면서 또 다른 걸음을 가능하게 한다. 우리의 일도 그렇게 스텝을 하나씩 늘려가면서 큰일에 대한 확신을 얻어간다.

명사들이나 상담가들 그리고 조언자들은 '작은 일부터 시작하라'고 사람들에게 말하곤 한다. 그렇게 하면 인생의 과정들의 성공 가능성을 높일 수 있다고 지적한다. 우리는 '행복'이라는 것을 신비스럽게 여기곤 한다. 하지만 행복은 미지의 그 무언가라기보다 자연스럽게 나에게 오는 세월의 흐름 같은 것이다. 알지 못하는 사이 나에게 와 있는 너무나 친근하고 자연스런 것이라고 할 수 있다.

소희의 생각

나는 행복을 찾아서 오랫동안 두리번거렸다. '왜 나만 불행한 걸까' 하고 이곳저곳을 기웃거렸다. 그렇게나 행복을 찾아서 사방을 헤매었는데 내가 행복을 찾아낸 것이 아니라 행복이 나를 찾아와 주었다. 행복은 그런 것이었다. 내가 간절히 찾으려 하면 발견할 수 없지만 현재 삶에 만족하고 체념한 듯 살아가다 보면 어느샌가 내 어깨를 두드리고 있는 것이다. 나? 맞다. 많이 행복한 사람이다.

문제를 해결하고 싶다면…

살아가면서 문제들이 전혀 없을 수는 없다. 때론 눈앞이 캄캄해져 오는 경험들을 한다. 하지만 해결책이 없는 문제란 존재하지 않는다. 모든 문제에는 반드시 해결의 길이 있다. 마음으로 문제들이 확실히 해결될 수 있다고 믿는 것이 굉장히 중요하다.

문제에 직면하면 사람은 당황하기 시작한다. 어찌해야 할지 몰라 허둥대기도 한다. 하지만 이런 경우라 하더라도 침착한 태도를 유지할 필요성이 있다. 문제를 해결해야 하는데 우리의 머리가 경직되어 버린다면 아무것도 할 수가 없다. 긴장상태에서 우리의 머리는 효과적으로 활동할 수 없다. 그러니 조금은 여유 있는 태도로 상황을 대하는 것이 좋다.

조심해야 할 것은 상황에 몰두해서 무리하게 문제들을 해결하려는 것이다. 그렇게 하기보다는 잠시 숨 돌리기를 한 뒤 해결책을 찾는 것이 더 좋을 수 있다. 마음의 여백은 문제들을 보다 냉정하게 볼 수 있도록 하는 힘이 있다.

여기에 더해 필요한 것은 문제를 너무 내 식대로만 보지 말아야 한다는 것이다. 자칫 우리는 문제들에 직면해서 심각성에만 젖어 감성적이고 충동적인 행동들을 하게 될 수 있다. 보다 객관적이고 관조적인 시각이 필요한 시점이다. 문제에 대한 자료들을 꼼꼼하면서도 냉정하게 수집해 보는 것이 필요하다.

냉정한 시각으로 수집된 자료들을 하나하나 열거하면서 정리해 보는 것이 그다음 할 일이다. 이런 식으로 상황을 분석해 나가면 해결책을 찾을 수 있는 데 한발 다가설 수 있게 된다.

하지만 이렇게 한 뒤에도 상황이 너무나 엄청나서 해결의 실마리가 보이지 않을 수도 있다. 이런 경우라면 신에게 이 문제를 가져가 보는 것도 나쁘지 않다. 특별히 어떤 종교를 추천하는 것은 아니지만, 내 경우엔 교회로 가서 기도를 하곤 한다. 평소에도 가끔 가서 기도를 하곤 하지만 문제들을 신에게 맡겨 보는 것도 하나의 방법일 수 있다. 신께 나의 문제를 아뢰는 동안 문제들을 해결할 수 있는 통찰을 얻게 되기도 한다.

지금 이 순간 마음으로부터 흐르거나 스쳐가는 한 조각의 아이디어가 있을지도 모른다. 어쩜 그것은 상황을 올바로 보게 하는 '영감'일 수도 있다. 무엇보다 중요한 것은 결코, 결단코 자신의 삶을 포기하지 않는 것이다. 때가 되면 문제들은 수면 위로 슬며시 올라와 해결의 실마리를 찾게 될 것이다.

소희의 생각

지금 존재하는 문제는 더 큰 나를 위한 인고의 성장 과정인지도 모른다. 이 시기를 성숙하게 잘 대처하고 나면, 달콤하고 뿌듯한 미래가 우리를 향해 손짓하게 될 것이다. 우린 그런 과정을 거치면서 더 의미 있는 존재로 성장해 간다.

주체할 수 없을 만큼 화가 난다면…

가끔 우리는 스스로 어쩔 수 없을 만큼 화가 나기도 한다. 살아가는 동안 그런 일 한번 겪지 않은 사람이 과연 있을까? 그냥 이건 길고 긴 인생의 과정 가운데 한 번쯤 찾아온 작은 '시간의 문'이라고 할 수 있다. 주체할 수 없는 감정의 회오리 가운데서도 감정을 어떻게든 수습할 수 있는 힘은 우리 내면에 있어야 할 것이다.

그런 경우라면 최대한 냉정을 유지하기 위해 잠시 멈추어 감정의 열기를 식힐 필요가 있다. 현재 누군가의 이야기를 인내심 있게 들어줘야 할 상황이라면, 최대한 이성적이 되기 위해 노력하고 '일단 들어준다'는 생각으로 상황을 직시하는 것도 좋다.

화를 내서 얻을 수 있는 게 아무것도 없다는 걸 기억하는 것이 좋다. 결국 내가 화를 내는 건 남 좋은 일만 만들어 주는 꼴이 되고 만다. 나와 다투고 있는 사람은 그런 상황을 이미 예상하고 있거나 심한 경우 의도했을 수도 있다. 그러니 어떤 경우에라도 화를 폭발하지 않는 것이 답이다. '화가 난다'는 것은 잘못이 아니지만 화를 폭발하게 되면 우린 불필요한 책임을 면하지 못하는 상황을 만들게 될 수 있다.

그래도 화가 난다면 지금 이 순간 사랑하는 사람의 얼굴을 떠올리는 것은 어떨까? 그 사람은 지금의 내가 화난 모습을 보고 실망할 게 뻔하다. 그리고 사랑하는 사람의 얼굴이 눈앞에 나타난 순간 감정은 눈 녹듯 풀리게 될 수 있다. 사랑하는 사람은 그러라고 우리에게 존재하는 천사인지도 모른다. 격한 상황 가운데서 우리가 실수하지 않도록 말이다.

왜 내가 화를 내고 있는지를 찬찬히 검토해 보는 것도 도움이 된다. 실제 나는 화가 머리 끝까지 난 것이 아니라 아침부터 쌓여있던 스트레스 때문에 더 많이 격양되어 있는 상태일 수도 있다. 실제 문제는 별게 아닐 수도 있다는 이야기이다. 분노를 쏟아내기 전에 '이 분노가 진정 정당하고 가치 있는 것인지' 멈추어 생각해 보는 것은 어떨까? 우리의 분노가 가치 있는 것이라면 좋겠지만, 어느 것 하나 만들어낼 수 없다면 차라리 참는 것이 더 좋을 수 있다. 쌓인 스트레스는 다른 방법으로 풀면 된다.

주변을 살펴보면, 유독 화를 잘 내고 참을성이 없는 사람들이 있다. 그런 사람을 곁에 두지 않는 게 좋다. 사람은 가까이 있을 때 서로에게 영향을 주기도 하고 분위기를 물들일 수도 있다. 만약 섣불리 화를 내는 사람이 주변에 있다면 나 역시 내 분노를 정당한 것으로 쉽게 치부해 버리게 될 수 있다. 그러니 그런 사람과의 친밀한 교제는 삼가는 것이 좋을 듯하다.

마지막으로 모두에게 사소한 의견 차이는 있을 수 있는 것임을 인정해야 한다. 모두는 다른 인격체이다. 그렇기 때문에 다른 의견을 가질 수 있다는 건 예상할 수 있는 사실이어야 한다.

감정을 잘 다스린다는 것은 천하를 호령하는 것보다 힘든 일이라고 누군가 말했었다. 나를 이기는 사람이 진정한 승리자가 아닐까? 그래. 오늘부터 노력해 봐야겠다.

소희의 생각

감정은 우리를 아주 쉽게 속인다. 그리고 우리에게 스스로를 변호하라고 다그친다. 실제론 그런 감정 표출이 우리에게 꼭 필요한 것이 아닌 데도 벌어진 사태에 대해 자신의 정당성을 부여하게끔 하는 것이다. 지나고 보면 '그냥 한번 꿀꺽 참았으면 좋았을 것을' 하고 후회하게 되는 상황들이 종종 발생한다. 감정의 지배자가 될 수 있다는 것은 무엇보다 강한 사람이 되는 것을 의미한다. 쉽진 않겠지만 한번 시도해 볼 만한 분야라는 생각이 든다.

걱정은 어쩌다가 한 번씩만

습관적으로 걱정이나 염려를 하는 사람을 주위에서 본 적이 있다. 걱정이나 염려를 온전히 떨칠 수 있는 사람은 아무도 없다. 미래에 대한 걱정이나 염려는 사실, 우리에게 유익한 결과를 가져오기도 한다. 미리 방비하고 대비하는 것은 더 나은 미래를 만들기 위한 자연스러운 모습이라고 할 수 있다.

하지만 걱정이 지나쳐서 내 영혼을 압도할 정도가 된다면 그건 정말 문제이다. 나를 보호하고 더 나은 결과를 만들기 위해서 하는 염려가 오히려 현재의 나를 갉아먹고 있다면 이것만큼 모순적인 일도 없을 것이다. 아무리 미래가 우리에게 소중하다지만, 우리의 인생에서 '현재'만큼 중요한 것은 존재하지 않는다. 미래를 위해 현재가 심하게 희생되어야 한다면 그건 안 될 말이다.

마음으로부터 스멀스멀 걱정이 올라올 때는 걱정이 주는 해로움을 충분히 인지하는 게 도움이 될 것이다. 많은 사람의 스트레스는 걱정 때문에 생기고, 사람들은 스트레스 때문에 병들어 죽는다. 그 걱정이 얼마나 유익한 것인지를 분석하고 깨닫는다면 우리는 과도하게 걱정하는 일을 피하게 될 것이다.

자신이 가지고 있는 걱정이나 염려를 분석해 보는 것도 좋다. 염려했던 일이 '실제' 현실로 나타날 확률은 얼마나 되는 것일까? 그 일이 실제로 내 삶에 일어난 일이 한 번이라도 있는가? 그렇게 분석해 보면, 사실 우리가 가진 대부분의 염려가 우리의 감정 때문에 생긴 공연한 것이었다는 것을 알게 된다.

여기에 더해, 우리가 염려하고 있는 것들 중 얼마의 것들은 걱정을 한다 해도, 혹은 하지 않아도 어떻게 손쓸 수 없는 불가항력적인 것들이다. 가령, 벼락이 떨어져서 집에 화재가 나면 어떻게 하나 하는 등의 염려는 실제 일어날 확률도 적거니와, 실제 벌어진다 해도 어쩔 수 없는 불가항력적인 것이다. 그보다는 대체적인 화재를 위해서 화재용 소화기나 경보 시스템을 구비해 놓는 것이 더 실용적이다. 걱정만 해서는 아무것도 해결할 수 없다는 이야기이다.

염려가 우리 삶에 도움이 될 수는 있지만, 그것이 나의 존재 자체를 힘들게 할 만한 것이 된다면 힘껏 저 멀리 치워 버릴 필요가 있다. 우린 앞으로의 일들을 설계하는 일만으로도 이미 충분히 바쁘다. 염려들 덕분에 녹초가 될 정도로 에너지를 소비할 짬이나 여유는 없다. 그리고 무엇보다, 지나친 염려는 지나친 음주만큼이나 우리에게 해롭다. '음주도 적당히, 염려도 적당히'이다.

소희의 생각

다소간 염려가 나를 압도해 가는 것 같다면, 잠시 생각의 흐름을 멈춰 보는 것도 도움이 될 수 있다. 이것이 이미 습관이 될 정도로 나에게 뼛속 깊이 점철된 것이라면 명상을 하거나 기도를 하는 등의 마음 다스리기가 필요할 수도 있다. 우리는 행복해야 한다. 그 누구보다 말이다. 그러니 이제 '염려 뚝'이다.

우정을
오래도록
가져가고 싶다면…

나에게도 우정을 쌓아가는 특별한 인연들이 있다. 간혹, 그 우정을 위협하는 오해들이 생길 때가 있다. 그럴 때면 정말 속상해서 밤잠을 못 잘 정도가 된다. 돌이켜 보건대, 그런 우정들을 더 깊이 오래도록 가져가는 방법들도 있었던 것 같다.

무엇보다 친구 사이에는 진솔함이 중요하다. 그 어떤 상황이 오더라도 진실하게 말할 필요성이 있다. 진실만을 말할 것을 맹세하는 것은 어느 법정에서만 필요한 것은 아니다. 친구 사이에는 '언제나 항상' 진실할 필요가 있다.

친구를 간접적으로라도 이용하겠다는 생각은 가지지 말아야 한다. 마음속에 그런 감정을 품는 순간, 희한하게도 친구는 이 사실을 금방 알아챈다. 왜냐하면 친구는 오래도록 시간을 함께하면서 나의 행동의 변화를 아주 민감하게 느낄 수 있는 사람이 되었기 때문이다.

여기에 더해, 내가 친구를 믿고 있다는 것을 친구가 알도록 해야 한다. 툭하면 의심부터 하거나 오래된 과거의 어떤 사건을 결부해서 친구에게 반복적으로 채근한다면 친구는 나를 친구로 여기기보다는 부담스러운 존재로 생각하기 시작할 것이다.

친구 사이에 비밀이 없다고 생각하면 큰 오산이다. 친구가 아직 말하지 않았거나 물어도 대답하지 않으려는 부분들은 일부러라도 추궁하지 않는 게 정답이다. 다른 사람에게 물어서라도 그 일을 캐려고 한다면 친구 사이는 그때부터 금이 가게 될 것이다.

친구는 나의 소유물이 아니다. 내가 좌지우지할 수 있는 몸종도 아니다. 그러므로 친구의 생각을 나와 맞추려 하거나 친구를 고쳐보겠다고 오버하는 것은 금물이다. 오히려 그렇게 하기보다는 그를 만날 때마다 도움이 될 만한 것이 무엇인지를 생각하는 것이 우정을 유지하는 데 도움이 된다.

만약 우정을 아주 오래도록 이어가고 싶다면, 친구와 함께할 수 있는 공동의 목표를 만들거나 추억을 만들어 보는 게 좋다. 우정반지나 기억에 남을 만한 기념물을 만들어 보는 것도 도움이 될 수 있다. 친구는 온갖 추억을 함께하는 시간의 동반자이다.

간혹 문제가 발생하는 이유는 자신과 둘도 없는 친구라고 생각했던 그가 다른 사람과 더 친한 것 같은 모습을 보게 되었을 때이다. 하지만 앞서 언급했듯 친구는 소유물이 아니다. 독점할 수 있는 물건 같은 존재가 아니라는 이야기이다. 그 점은 인정할 수 있어야 한다.

평생을 함께할 애틋한 사이라면, 되도록 숨기는 일이 없다면 좋다. 만약 친구에게 숨길 정도로 민감한 일이 있다면, 그것의 존재를 친구가 모르도록 하는 게 좋다. 친구는 '허물없음'이 전제되어야 이어질 수 있는 특별한 존재이기 때문이다.

오늘 나의 사랑하는 친구를 위해 기도해 보는 것은 어떨까? 영원한 우정이 더 건고한 것이 되도록 말이다.

소희의 생각

친구는 결코 끊을 수 없는 매우 강력한 끈으로 연결된 인생의 동반자이다. 가끔 싸우기도 하고 화를 내기도 하지만 그것으로 인해 친구가 등을 돌리게 되지는 않는다. 평생의 변함없는 서약을 한 것처럼, 우정은 시간을 거스르고 장소를 뛰어넘어 존재한다. 우정만큼 든든히 나를 지켜 주는 게 또 있을까?

정신 차려!
너는
할 수 있어!

삶의 어려움을 예기치 않은 때에 예기치 않는 방법으로 나타난다. 그럴 때 당황하게 되는 것은 어쩜 당연한 이치인지도 모른다. 좀 더 의연하게 문제들을 대처하는 방법은 없을까? 문제들이 없는 삶은 없다지만 살아가면서 그런 당황스런 경험을 줄일 수 있는 방법은 없는 것일까? 개인적으로 생각해 본 이런 점들이 도움이 될 수 있기를 바라본다.

문제들이 아직 가시화되기 전에 미리 겁먹을 필요가 없다. 문제들이 눈앞에 보인다 하더라도 하늘이 무너진 것은 아니다. 그러니 침착함을 잃으면 안 된다. 어려움이 닥치면 우선적으로 문제들이 발생한 원인을 곰곰이 따져 볼 필요가 있다. 무엇 때문에 이런 일이 발생한 것일까? 앞으로 이런 일이 발생하지 않기 위해서 필요한 것은 무엇일까? 있을 수 있는 모든 경우의 수를 검토하는 게 좋다.

일단 어려움이 닥치면 현실을 직시하고 사태를 과장해서 보지 말아야 한다. 물론 갑작스런 상황에 대해 충격을 받았을 수도 있고, 그로 인해 다소 호들갑스러운 제스쳐를 취하게 될 수 있는 것도 사실이다. 하지만 너무 상황을 심각하게만 보면 도저히 헤어날 길이 보이질 않게 된다. 문제는 해결하라고 있는 것이다. 눈앞을 캄캄하게 만들어서 좋을 건 아무것도 없다.

찬찬히 적어가면서 이번 어려움을 이리저리 분석해 보는 게 도움이 된다. 해결의 기미가 보일 수도 있고, 문제를 정면으로 마주하는 것은 마음을 가라앉히는 데 도움이 된다. 하나하나 따져가는 동안 자신의 내적인 문제들과 외적인 문제들이 함께 보이기 시작하면서 더 나은 시각을 소유할 수 있게 된다.

지나간 것은 지나간 때로 족하다. 이미 벌어진 일에 대해 자신을 지나치게 탓하지 않는 것이 좋다. 죄책감이나 참담한 심정이 오래 간다고 한들 문제를 더 능동적으로 해결하는 데는 아무런 도움이 되지 않는다.

그다음으로 할 일은, 현시점에서 문제의 해결을 위해서 할 수 있는 것이 무엇인지를 생각해 보는 것이다. 어쩌면 그 분야의 전문인이나 경험 많은 조언자의 충고가 필요할 수도 있다. 그런 기회들을 최대한 이용해야 한다. 그래야 반복되는 어려움을 겪지 않을 수 있다.

갑작스런 어려움이 우리에게 닥친다 해도, 그래서 잠시간 우리가 주춤거린다 해도, 지구는 여전히 돌아간다. 세상이 바뀌는 것은 아무것도 없다는 것이다. 그러니까 우린 여전히 우리가 할 수 있다는 것을 믿고 열심히 일해야 한다. 한 번의 실패로 인해 충격이 생길 순 있지만 그럼에도 우린 여전히 움직여야 할 의무가 있다. 삶은 계속되어야 하니까 말이다.

한 번의 참담함을 경험하고 나면 기분이 다운되어서 좀처럼 끌어올리기가 어려워질 수 있다. 이럴 때야말로 내면의 '토닥토닥'이 필요한 시점이다. 자신에 대해 긍정적이 될 필요가 있다. 문제들을 냉정하게 볼 필요가 있지만, 동시에 잘될 거라는 희망의 끈도 놓아서는 안 된다. 모든 일은 잘될 수 있다. 세상에 믿을 놈 하나 없다지만, 세상에 있는 사람 중에서 나만큼 믿을 만한 놈도 없다는 것을 알아야 한다.

인생이란 어려움과 성취를 반복하는 밀고 당김의 연속이다. 지치지 않는다면 때가 올 것이다. 함께 웃을 수 있는 바로 그 시점 말이다.

소희의 생각

어려움이 닥쳐 와도 너무 슬퍼하지 말기를… 아직도 우리가 경험해야 할 삶의 장면들은 많이 있고 우리가 맛보아야 할 행복의 열매도 많이 남아 있으니까 말이다.

하는 일이 스트레스라고?

전에 자영업자와 월급쟁이의 대화를 들었던 적이 있었다. 너무 재밌었던 것은, 자영업자는 월급쟁이를 부러워하고 월급쟁이는 자영업자를 부러워하는 것이었다. 개인 사업을 하고 있는 사람은 "그래도 월급 받으며 일할 수 있는 게 마음이 편하다."고 이야기하는 거였다. 반대로 월급을 받는 샐러리맨은 "월급이 너무 쥐꼬리만해서 어쩔 때는 발전 가능성이 있는 사업을 해보는 게 소원이다."라고 했다. 이런 걸 "남의 떡이 더 커 보인다."고 하는 건가 하는 생각이 들면서 살짝 웃음이 나기도 했다.

어쨌건 자신에게 '일'이 있다는 것은 행복의 이유라는 생각을 한다. 할 일이 없어 불행하다고 여기는 사람도 있으니, 현시점에서 할 일이 있다는 것은 그들보다는 더 많이 행복하다고 느껴야 할 이유일 수 있다는 생각을 한다.

하지만 일을 가진 사람이라 하더라도 일의 중압감이나 스트레스 때문에 괴롭다고 여기는 경우가 많다. 해야 할 일이 있다는 것 자체는 행복의 이유이지만, 일 자체가 괴롭다면 마냥 좋다고만 할 수 있는 것도 아니다. 일의 괴로움이 느껴질 때 이것을 해결해 나가는 것도 개인이 짊어져야 할 한 가지 부분이다.

일의 중압감 때문에 긴장하게 되는 경우가 종종 발생한다. 하지만 그런 경우라 하더라도 나 혼자만 무거운 짐을 지고 있다고 생각할 필요가 없다. 세상엔 많은 직업이 있고, 나 외에도 더 힘겹게 자신의 일을 묵묵히 수행하는 사람들이 수두룩하다. 어려움을 나만의 것이라고 생각해야 할 하등의 이유가 없다.

일을 바꿀 의향이 없다면, 혹은 당분간은 자신의 일을 계속해야 하는 상황이라면, 일 자체를 좋아하도록 해 보는 것이 어떨까? 일이 많고 적음을 떠나서 일을 좋아하게 되면 상황이 더는 중압감에 휩싸일 정도로 힘겹다고 여겨지지 않는다. 일은 고된 것이 아니라 즐거운 것이 될 수 있다.

일이 너무 많다면 어떻게 해결할 것인지 계획을 세워 보는 게 좋다. 계속해서 무계획으로 일들을 접하다 보면 '어떻게 해야 할지 모르겠다'는 생각이 나를 압도하게 될 것이다. 일을 한 번에 하려고 하기보다는, 조금씩 분할해서 해 보는 것도 좋다. 그렇게 나누어진 일들은 예전보다 훨씬 감당하기 쉬운 것이 되었을 것이다.

일을 대하는 자신의 태도가 문제가 있지는 않은지 검토해 볼 필요도 있다. 일에 대해 '어렵다 어렵다'를 반복하면 일은 정말 어려워질 수밖에 없다. 반면에 '할 수 있다'거나 '문제는 간단하다'고 생각해버리면 좀 더 수월하게 일들을 처리해 나갈 수 있게 된다.

절대로 일을 미루지 말아야 한다. 가뜩이나 일이 힘든데 미뤄두게 되면 나중엔 정말 감당할 수 없을 정도로 일이 힘들어진다. 자신의 태만 때문에 일이 힘든 게 아니라면, 열심히 하는 한 일의 달콤한 열매들을 볼 수 있게 될 것이다. 열심히 일하는 사람에게 운명은 불리한 패를 절대로 주지 않는다. 성공의 기초는 바로 그렇게 만들어진다.

소희의 생각

일을 통해 행복을 맛보는 사람만큼 뿌듯함으로 삶을 살아가는 사람도 없을 것이다. 사람에게 주어진 일은 '신성하다'고 누군가 이야기했었다. 이 말처럼 우리에게 주어진 일은 하늘로부터 정해져 내려온 것인지 모른다. 일의 힘겨움이나 종류를 떠나서 모든 일은 일종의 '봉사'이다. 다른 사람을 위한 봉사이기도 하고 자신의 가족들을 돌보기 위한 '봉사'의 과정이기도 한 것이다. 일에 충실한 사람은 자신의 삶과 가치관에 충실한 사람일 것이다. 나는 그리 믿고 있다.

왜?
친해지기가
힘들어?

때론 자신에게 무엇이 문제인지 잘 모르겠는데 상황이 꼬이거나 너무 쉽게 오해가 생긴다고 생각되는 때가 있다. 어쩜 그것은 내가 가진 성품상의 문제라기보다 '무지'로 인한 것일 수 있다. 조금만 신경 쓰면 지금 겪고 있는 문제들을 보다 수월하게 해결해 나갈 수 있다.

별스럽지 않게 사람들에게 거부 반응을 일으키거나 썩 좋은 이미지로 다가가지 못하는 사람들이 있다. 바로 '명령하는' 듯한 말을 쓰는 사람이다. 원래 이 사람의 내면은 부드러운데 어찌하다 보니, 명령하는 듯한 어조로 말이 굳어져 버린 것이다. 자신의 말투를 검토해 보고 혹시 이런 문제가 있지는 않은지 생각해 볼 필요가 있다. 어쩜 나도 이런 모습이 툭 튀어나올 때도 있었다. 물론 지금도 계속 성숙해 가고 있지만 완벽하다고 할 수 있을까?

다른 사람에게 호감지수를 올리고 싶다면 비판보다 칭찬을 먼저 하는 게 좋다. 사람 가운데 칭찬을 싫어하는 사람은 없다. 이전에 들었던 격언 같은 게 있다. "칭찬은 코끼리도 춤추게 한다" -서울동물원에서 시행된 긍정적 강화훈련Positive Reinforcement Training은 체벌이 아닌 먹이와 칭찬 등 긍정적인 자극을 통해 스트레스를 최소화하면서 기대하는 행동과 반응을 이끌어 내는 훈련법이다- 이 긍정강화 훈련법을 통해 나온 이야기이다. 아무튼 그 육중한 몸매의 코끼리가 춤을 춘다니, 칭찬을 많이 하는 사람이 되어야 할 것 같다.

기회가 있는 대로 다른 사람에게 호의를 베푸는 습관을 들이면 좋다. 아주 가벼운 선물 같은 걸 준비해 두었다가 전해 주는 것도 하나의 방법일 수 있다. 요즘엔 독신자들을 위한 저가형 할인마트가 동네마다 있다. 그런 곳에서 1~2천 원이면 애교있는 가벼운 선물 같은 걸 얼마든지 구입할 수가 있다. 선물이라고 해서 꼭 대단하고 비싸야 할 필요는 없다.

어떤 경우, 특별한 이유가 있는 것도 아닌데 나의 말에 '딴지'를 거는 사람이 있을 때가 있다. 단순한 반대라기보다는 반대를 위한 반대라고 느껴진다면 조금 생각을 달리해야 한다. 사실 그의 태도가 마음에 들지 않을 수 있지만, 그런 그의 태도도 존중해 줄 필요가 있다. 그가 나에게 보이는 반대는 나의 합리적 견해에 대한 자신의 존재가치를 인정받고 싶은 것에서 비롯된 것이기가 쉽다. 그냥 그런 경우엔, 그에게 존중 어린 태도를 보이면 문제는 아주 간단히 해결된다.

감정이 격양되어 싸우는 일을 피해야 한다. 다른 사람에 대해 적대적이라는 이미지를 만들어 놓으면 손해 보는 것은 다름 아닌 '나'이다. 말이나 행동에 있어 우정적이라고 생각될 수 있는 행동들을 만들어 가다 보면 우리는 어느 사이엔가 그의 가장 친한 벗이 되어 있을 것이다. 화가 난다고 해서 윽박지르기부터 하면 결과적으로 훗날 낭패를 볼 수가 있다.

상대방이 틀렸다고 생각되더라도 틀렸다는 것을 바로 마구 지적해서는 안 된다. 꾸짖는 사람을 좋아할 사람은 없다. 혼나고 있다는 느낌을 주기보다는 동료감을 가질 수 있는 사람이 될 필요가 있다. 상대가 틀렸다는 것을 증명한들 나에게 돌아올 것은 아무것도 없다. 오히려 감정적 불편함만 가중될 것이다.

대화를 하고 있다면 일부러라도 질문하고 그 이야기에 귀를 기울일 필요가 있다. 아마 상대는 자신의 이야기를 잘 들어주고 있다는 사실에 행복해 할 것이다. 사실 이런 점들을 '모두' 적용하기는 힘들지 모른다. 하지만 부분적으로라도 이렇게 해 본다면 나는 필시 놀라운 경험을 하게 될 것이라고 생각한다. 왜냐하면 나 역시 이런 과정들을 통해서 관계의 안락함을 배웠기 때문이다. 우리는 누구에게나 우정적인 사람이 될 필요가 있다. 기울인 노력은 아주 값진 보상이 되어 우리에게 다가올 것이다.

소희의 생각

친해지기 힘들어하는 사람들의 내면을 살펴보면, 매우 여리고 고독하다는 걸 알게 된다. 그들도 친구가 필요하고 자신의 말을 들어 줄 말벗이 필요하다. 다만 자신의 세계 안에 갇혀있다 보니 스스로도 어떻게 처신해야 할지 잘 모르는 것이다. 그들의 무례한 태도에 집중하기보다는 그들이 내쏟는 감정의 솔직함에 집중할 필요가 있다. 다소 격양되고 과장된 그들의 표현 방법은 자신의 감정을 감추고 사는 여타의 사람들보다 담백하고 진솔한 편이다. 그들에게 우정적인 태도를 보인다면 아마도 그들은 가장 강력한 내 삶의 응원군이 되어줄 것이다.

내면의 강인함을 발전시켜라

내적으로 강한 사람이 된다는 것은 스스로가 다른 사람을 도울 준비가 되어 있음을 말하는 것이 아닐까. 한편으론 내면의 강인함을 발전시킨다는 것은 토크닥터가 되겠다고 하는 것과 별반 다르지 않다고 생각한다. 그렇다고 현재 '토크닥터'로 일하고 있는 내가 다른 사람에 비해 특출하다거나 특별히 더 많은 강인함을 가지고 있다고 말하는 것은 아니다. 다른 사람을 도울 수 있을 정도의 내적인 강함을 소유한다는 것이 무엇을 의미하는 것인지를 말하고 싶을 뿐이다.

늘 느끼는 것이지만, 내면의 강함을 소유하기 위해서는 '마음의 평안'을 소유한 사람이 되어야 한다. 그 내적인 평온함을 아무도 건드릴 수 없어야 한다. 작은 일들에 일희일비一喜一悲한다면 내면의 강직함을 늘 가지기가 힘들 수 있다.

다른 사람을 돕고자 한다면 누구를 만나건 건강, 행복을 말할 수 있어야 한다. 사실 마음이 내키지 않는 사람이 있을 수도 있다. 때론 정말 비신사적이고 무례한 사람을 만나게 되기도 한다. 그런 사람에게까지 건강이나 행복을 말한다는 건 사실, 좀 내키지 않는 일이다.

다른 사람을 돕는 사람이 된다는 것은 비단 물질적 필요를 돕는 사람이 되는 것만을 의미하지 않는다. 물질적으로는 그를 도울 수 없을지라도 각 사람의 내면에 스스로가 가진 가치를 발견할 수 있도록 깨달음을 주는 것이 필요하다. 각자가 가진 고유의 가치를 깨닫게 되면 사람들을 비로소 의미 있게 살아가야 할 동기를 가지게 된다.

다른 사람을 도우려는 강인함을 가진 사람은 밝은 면만을 보려고 노력하고 언제나 최선의 결과를 바랄 수 있어야 한다. 때때로 그것이 가능하지 않다고 느껴질 때도 있다. 상황이 너무나 참담하다고 느껴질 때면 포기하고 싶어지기도 한다. 하지만 진정한 내면의 강자는 그 어떤 상황에서도 포기하지 않는다.

진정으로 강한 사람은 다른 사람이 성공했을 때 자신의 일처럼 기뻐한다. 다른 사람의 성과나 성공에 대해 시기나 질투를 해야 할 필요를 느끼지 않는다. 왜냐하면 이미 다른 사람이 이룩한 내면의 가치를 마음 안에 가지고 있기 때문이다. 마음 안에 이미 모든 것을 소유한 사람에게 시기나 질투는 있을 수 없는 것이다.

내적으로 강한 사람도 때론 좌절을 경험한다. 누구에게나 실수나 시행착오는 있기 마련이다. 하지만 그런 경우라 하더라도 과거의 실수에 연연해서는 안 된다. 얼른 훌훌 털고 미래에 있을 더 좋은 것을 향해 발걸음을 옮길 수 있어야 한다.

다른 사람을 기꺼이 도우려는 사람은 누구에게나 항상 친절하고 만나는 모든 이들에게 웃음으로 화답해야 한다는 건 아니다. 다만 존중하는 태도를 가져야 한다. 그것이 바로 '강함'의 표시이다. 이것은 가면을 쓰고 살라는 것과는 다른 차원의 이야기이다. 누구에게나 다른 사람들을 대할 때의 전시적 화창함은 존재한다. 외부에서 손님을 만나면서 슬리퍼에 잠옷을 입고 나갈 수는 없는 노릇 아닐까? 이것을 이중성이라고 볼 사람은 없을 것이다.

토크닥터는 화내지 않는 고상함을 가진 사람을 말하는 것은 아니다. 자신의 감정을 솔직하고 건강하게 그리고 상대방이 아프지 않게 표현할 수 있는 유연함을 가진 사람이다. 그리고 현재 존재하는 문제들 때문에 미래를 두려워하지 않는 강인한 사람이다. 무엇보다도 매사에 행복을 찾을 수 있는 사람이다. 나는 아직도 스스로에 대해 부족함을 많이 느낀다. 내가 진정 '토크닥터'일까? 물론 아니다. '완성'이 아니라 '과정'에 있다. 그러나 내가 행복함을 느끼는 것은 이러한 부족함 가운데서도 누군가를 도울 수 있다는 사실 때문이다. 그렇게 나는 더 많이 행복해지기로 결심하였다.

소희의 생각

내가 토크닥터가 된 이유는 다른 사람들을 격려하고 돕는 이 일에 특별한 소명감을 느끼기 때문이다. 지금의 내가 된 이후로 나는 더 많이 안정감 있는 사람이 되었다. 나에게 있어 행복이란 다른 사람의 용기를 북돋고 삶의 이유를 제시하는 토크닥터로 평생을 살아가는 것이다. 그러한 삶이 나에게 또한 큰 행복을 주기 때문이다.

슬픔이 나에게 말할 때

마음을 제어하기 힘든 슬픔이 나를 짓누를 때가 있다. 그럴 때마다 느끼는 것은 누군가 나를 토닥여 줄 사람이 필요하다는 사실이었다. 하지만 결국 나를 토닥여 줄 단 한 사람은 바로 나 자신이라는 생각이 들었다. 이전 시간, 슬픔을 극복하기 위해서 개인적으로 많은 노력을 했던 때가 있었다. 그때 도움이 되었던 몇 가지 점들을 정리해 보았다.

이미 일어난 현실을 피할 수는 없다. 너무나 슬픔이 극에 달하다 보면 현실을 부정하고 싶은 마음이 들기도 한다. 사실 엄마가 돌아가셨을 때 나는 그 사실이 받아들여지지 않아 눈물조차 나지 않았더랬다. 하지만 결국 나를 치유한 것은 현실 자체를 그대로 받아들이는 과정을 통해서였다.

혹독한 시련 가운데서 슬픔을 참는 것은 자신에게 아무런 도움이 되지 않는다. 슬픔이 느껴진다면 그것을 밖으로 꺼내 놓아야 한다. 울고 싶을 때 마음껏 울어야 마음 안의 슬픔을 게워낼 수 있다. 간혹 슬픔을 감추고 참아야 한다고 생각하는 사람도 있는데 그것은 개인의 정신 건강상 별로 좋지 않다.

이미 일어난 참담한 현실에 대해 너무 많은 감정의 비중을 둘 필요는 없다. 밖으로 슬픔을 충분히 표현했다면 이제는 앞으로 있을 새로운 것들에만 집중해야 한다. 현실을 짊어져야 할 책임은 바로 우리 각자에게 있기 때문이다. 새롭고 가슴 설레는 일들이 우리를 기다리고 있을 것이다.

사랑하는 사람을 사별했든 아니면 소중한 것을 잃었든 간에… 잃은 것을 오래도록 생각하지 않아야 한다. 자신에게 존재하지 않는 잃어버린 것들을 생각하다 보면 이전의 슬픔으로 인해 더 이상 자신의 정상적인 삶을 이어갈 수 없게 될는지도 모른다.

만약 스스로 후회되거나 한스러운 것이 있다면 이제는 자신을 놓아주고 용서해야 한다. 자기 연민에 빠져 있는 것은 아무런 도움이 되지 않는다. 축 늘어져 있는 자신의 감정에서 벗어나야 한다. 자신에게 일어난 일에 대해 "왜?"라는 의문을 품을 필요가 없다. 그냥 이러난 일은 일어난 일일 뿐이다. '왜'라는 채워지지 않는 물음을 공중에 흩뿌려봐야 아무런 응답이 오지 않는다. 비극적인 일들은 언제고 누구에게나 벌어질 수 있다.

때론 온전히 몰두할 수 있는 무언가를 찾아보는 것도 도움이 된다. 가능한 대로 정신적인 것보다는 몸을 움직일 수 있는 활동들이 도움이 된다고 생각한다. 봉사활동이라든가, 취미생활 같은 것들이 그런 범주에 포함될 수 있다. 다만, 그런 활동들을 통해 의미 있는 가치를 그 속에서 찾을 수 있어야 한다.

슬픔은 부정적인 측면만 있는 것은 아니다. 살아 있는 것의 소중함과 앞으로의 일들에 대한 더 깊은 애정을 품게 될 수 있다. 필요하다면 종교 생활을 해 보는 것도 도움이 된다. 사람의 깊은 내면에 대한 깊은 성찰을 얻게 될 것이다.

슬픔이 우리에게 왔을 때, 우린 어쩔 줄 모르고 힘들어 한다. 하지만 그 고통은 우리에게 성장통이 된다. 더 신심 깊은 사람으로서 다른 사람들에게 관심 어린 사랑을 표현할 수 있는 사람으로 준비된다.

소희의 생각

슬픔이 나를 부르면 나는 몸을 숨기고 웅크리기에 바빴다. 하지만 슬픔을 피할 수는 없었다. 내면이 성장하고 나자, 나는 슬픔에 대해 고개를 끄덕일 수 있었다. 슬픔은 나를 한동안 흔들어 놓았지만 더 강한 존재가 될 수 있게 해 주었다. 그렇게 나는 행복과 슬픔을 함께 인정하게 되었다.

풀이
죽은 채로
있지 마

몇 번의 실패를 경험하고 나면 흔히 마음 안의 낙담 때문에 풀이 죽게 될 수 있다. 하지만 그렇다고 넘어진 상태로 그대로 있어서는 안 된다. "내일은 또 다른 내일의 태양이 뜬다"는 말이 있다. 우리는 매일매일 똑같은 삶을 사는 것 같지만 새로움 속에서 잠들고 깨어난다. 새로운 일들은 우리를 기다리고 있으면서 마음의 뿌듯함과 보람을 선사할 준비를 하고 있다. 삶을 기대에 찬 태도로 대하는 사람들에게 하루하루는 그런 모습이다.

삶을 바라보는 견해에 있어서 기존의 관념을 버릴 필요가 있을지 모른다. 우리는 끊임없이 다른 사람들과 경쟁한다. 하지만 이제는 남이 아니라 지난 시간의 '나'와 경쟁해야 한다. 그래야 우울함에 빠지지 않을 수 있다. 우리의 가치는 다른 사람과의 비교 가치에 의해 결정되어지지 않는다.

마음에 떠오르는 새로운 아이디어나 좋은 생각들을 그냥 흘려보내지 않는 것이 좋다. 자신의 아이디어가 훌륭한 목적을 위해 쓰일 수 있다는 걸 안다면 마음은 한결 부드러워지고 행복해질 것이다. 무엇보다도 내면에 가득 들어찬 자신의 꿈을 믿어줄 수 있어야 한다.

폼생폼사로 살아간다면 쉽게 지치고 우울해질 수 있다. 자신을 멋지고 무오한 사람으로 가장하지 말고 부족한 점이 많은 사람이라고 일단 인정해야 한다. 그래야 사람은 비로소 행복해질 수 있다. 거기에 더해 자신의 잘못을 용서할 수 있어야 한다. 자신을 용서하는 사람이 다른 사람에게도 너그러워질 수 있다.

때론 자신에게 바뀔 수 없는 부분이 스스로를 우울하게 하기도 한다. 하지만 바뀌지 않는 부분을 탓해 봐야 개인의 삶에 도움이 되는 건 아무것도 없다. 목소리나 작은 키, 얼굴 생김새 같은 자신에게 '이미' 존재하는 것을 마음으로부터 받아들여야 한다. 그리고 그런 것들로 스스로를 열등하다고 단정하지 않아야 한다. 열등한 것이 아니라 다를 뿐이다.

우울함에 빠지지 않기 위해 스스로를 사랑하는 것은 매우 중요한 요소이다. 다른 사람을 사랑하려면 자신을 먼저 사랑해야 한다. 사실 우리가 다른 사람을 위해서 스스로의 필요를 희생할 수 있는 것도, 알고 보면 다른 사람을 위해서 기꺼이 희생하는 자신의 모습을 사랑하기 때문이다. 자신에 대한 사랑이 모든 행복의 기본이다.

잠시간 어떤 일들로 풀이 죽을지 모르지만 자신을 그대로 방치해서는 안 된다. 외적인 사건이나 외적인 상황들로 인해서 우리의 가치가 결정되는 것이 아니기 때문이다. 우리는 충분히 가치 있는 존재이다.

소희의 생각

우리는 어떤 면에선 모두 나약하고 외로운 존재들이다. 그러다 보니 모두들 어느 한순간 '의기소침'을 경험한다. 하지만 다른 한편으로 우리 모두는 매우 강한 존재이기도 하다. 왜냐하면 너 나 할 것 없이 우리를 찾아온 '의기소침'을 이겨내고 있기 때문이다. 약하면서도 강한 존재. 그게 바로 인간이다.

나를 위한 도구들은 언제나 주변에 있다

좀처럼 기분이 나아지지 않는다고 생각될 때가 있다. '긍정'이 좋은 것도 알고 마음을 잘 다스리는 게 중요한 것도 알겠는데 어떤 경우엔 도저히 어쩔 수 없을 만큼 마음이 회복되지 않는다. 이런 경우 기분전환을 위한 특단의 조치가 필요할지 모른다. 지금 실천해 보면 좋을 몇 가지를 언급해 보겠다.

나이가 많지 않은 아이와 함께 시간을 보내보는 것도 나름 도움이 될 때가 있다. 지금 무슨 말을 하는 것인가 하고 의아해 할지도 모르겠다. 순수한 아이들과 함께 지내고 있노라면, 내 경우엔 마음이 한결 좋아지는 걸 경험하곤 했다. 어쩜 내가 중고등학생들이나 대학생들을 대상으로 강의를 갔을 때 더 많은 에너지를 사용함에도 불구하고 더 큰 뿌듯함을 느끼는 이유인지도 모르겠다.

꽃이나 나무를 심거나 가꿔 보는 것도 도움이 된다. 아이들의 울음소리가 마음에 걸린다면 아이들과 시간을 보내는 대신 화초를 가꾸거나 원예를 배워 보는 것은 어떨까 싶다. 자연과 하나가 되어 그것들에 정성을 기울이다 보면, 마음이 차분해지고 행복해지는 것을 느끼게 될 것이다.

옛날 들었던 음악들을 꺼내어 들어보는 것은 옛 추억을 떠올리며 빙그레 웃을 수 있는 시간의 자리를 마련해 줄 수 있다. 내가 학교를 다니던 무렵 우리들을 X세대라고 불렀다. 그리고 그 시절 우리는 윤상이나 변진섭의 노래를 즐겨 듣곤 했다. 가끔 그 노래들을 듣곤 하는데 친구들과의 추억들이 떠오르면서 애잔한 느낌이 들기도 한다.

자신을 위해 작은 선물을 사보는 것도 나름 훌륭한 방법 중 하나이다. 자신에 대해 '수고했다'며 뭔가를 사보는 것은 스스로의 자존감을 회복하는 데 꽤 도움이 되는 방법인 것 같다. 나는 고된 일들을 마치고 나면 스스로에게 '수고했다'고 말하면서 맛난 음식을 먹기도 한다. 다소간 피로했던 느낌이 사라지면서 즐거워지는 걸 여러 번 경험했다.

이외에도 스스로가 몰두할 수 있는 취미생활을 한다거나 기분전환을 위한 여러 활동들에 참여해 볼 수 있다. 나 자신은 이 세상 누구보다 소중한 존재이다. 그러니 유쾌하지 않는 마음 상태를 그대로 내버려둬서는 안 된다. 자신을 사랑하는 사람에게 잠시간의 넘어짐이나 쉼은 있을 수 있지만 '전복'됨은 존재할 수 없다. 우린 언제고 다시 일어나 우리가 가야 할 길로 갈 것이다.

소희의 생각

자신의 감정에 충실한 것은 분명 필요한 일이다. 그러나 좀처럼 나아지지 않는 감정을 그대로 버려두는 일은 있어서는 안 된다. 불유쾌한 느낌을 자신의 것으로 받아들이는 것과 그것을 방치하는 것은 엄밀히 말해 다른 문제이다. 더 행복해지기 위해, 더 발전하기 위해 우리는 스스로를 격려하고 독려한다.

세상에서 내가 제일 예뻐

누군가에게 사랑스런 사람이 된다는 것만큼 가슴 설레는 일이 또 있을까? 사람은 사랑을 먹고 사는 존재이다. 하지만 어느 날 갑자기 누군가의 애인이 되거나, 아들딸로서 부모님이 사랑을 일방적으로 받는 경우를 제외하고 사랑은 아무 노력 없이 나에게 주어지는 게 아니다. 적어도 사랑받는 존재가 되기 위해선 나름의 노력이 필요하다.

솔직히 말해 플래너를 가지고 다니면서 매일매일을 규모 있게 사는 사람을 보면 그 사람이 남자이든 여자이든 정말 매력적으로 보인다. 적어도 내겐 그랬던 것 같다. 그런 사람은 이불을 뒤집어쓴 채로 집에서 무위도식하는 식의 무기력증에 걸리지 않는다.

못생기고 잘생기고를 떠나서 단정한 외모를 유지하는 것도 누군가를 매력적으로 보이게 하는 한 가지 요소이다. 개인의 청결이나 단정한 용모는 그 사람을 호감 가는 사람이 되게 하는 것 같다. 솔직히 외모는 부차적인 문제이다. 스스로를 잘 가꾸는 사람은 왠지 매사에 성실할 것 같은 무한 신뢰가 느껴진다. 전에 아주 잘생긴 누군가를 본 적이 있었는데, 손톱에 낀 때를 보고 호감도가 떨어졌던 기억이 있다. 자신을 잘 관리한다면 누구든 호감 지수를 올릴 수 있다고 확신한다.

다른 사람과 대화할 때 눈을 보고 기꺼이 듣는 것은 상대방에게 좋은 느낌이 들게 한다. 어쩐지 그런 사람을 만나면 내가 소중한 사람으로 여겨지는 것 같아 상쾌한 느낌이 든다. '경청'은 자신의 호감 지수를 높이는 매우 중요한 요소라는 생각이 든다.

때론 다른 사람과의 관계 내에서 실수를 하게 되기도 한다. 자신의 실수에 대해 변명하지 않고 사과하는 것은 관계를 계속적으로 유지하는 데 큰 역할을 하는 것 같다. 어떤 경우 책임을 회피하면서 끊임없이 자기 정당화와 변명으로 일관하는 사람이 있는데, 그런 사람은 왠지 구차해 보이고 오래도록 관계를 지속하고 싶지가 않다.

그런가 하면 자신의 실수가 드러나면 대화가 끝날 때까지 자꾸만 그 사실을 되뇌면서 자책하는 사람도 있다. 자신의 잘못을 인정하지 않고 뻔뻔스럽게 구는 사람도 별로이지만 자꾸만 자신의 잘못에 대해 이야기해서 대화 내내 상황을 어색하게 만드는 사람도 상대의 마음을 불편하게 하기는 마찬가지인 거 같다. 일단 사과한 일에 대해서는 웃을 수 있는 여유를 가지는 것이 좋다.

아무튼 자신을 매력적으로 보이도록 할 수 있는 여러 가지 방법들이 있다. 예의바르고 상냥한 태도라든가 매너 같은 것들은 나를 빛나게 할 여러 가지 단초를 제공한다.

나는 세상에서 가장 예쁘고 아름다운 존재이다. 왜냐하면 나의 세상에서 나는 가장 중요한 등장인물이기 때문이다. 내가 이 세상에 사는 한 그 사실은 변하지 않을 것이다. 할 수 있다면 나는 나 자신뿐 아니라 다른 사람에게도 사랑스런 사람이 될 필요가 있다. 자신을 매력 있게 가꾸는 것은 바로 그런 노력의 일환인 것이다.

소희의 생각

매력이라는 것은 외부로 나타나는 내적인 힘이라고 생각한다. 얼굴이 예쁘고 아니고를 떠나 사람에게는 외부로 배어 나오는 나름의 이미지가 있다. 내면이 예쁜 사람은 얼굴에서 윤이 나고 눈에서 빛이 난다. 목소리는 힘이 있고 차분하며 부드럽다. 사실 이런 것들은 태어날 때부터 있었던 것이라기보다는 후천적인 노력에 의해 만들어진 것들이다. '예쁘다'는 말보다는 '매력 있다'는 이야기를 듣는 사람이 되어야겠다는 생각이 든다.

나를 위한 토닥토닥

모든 사람에겐 위로가 필요하다, 각자 자신의 삶에 대해 이런 저런 굴곡들을 경험하고 있기 때문이다. 감정의 기복이나 생활상의 어려움을 느끼지 않는 사람은 세상에 아무도 없다. 하지만 애석하게도 위로를 필요로 하는 사람은 많지만 위로를 제대로 해 줄 수 있는 사람은 많지 않은 것 같다. 달리 방법이 없다. 스스로가 자신에 대한 '토크닥터'가 될 수밖에… '토닥토닥'이 필요한 자신에게 꼭 필요한 위로를 전달할 수 있게 되길 개인적으로 바라본다.

스스로에게 위로가 되길 원하는 사람들은 더 이상 자신을 비난해서는 안 된다. 지나간 일들이나 후회되는 과거에 대한 뼈아픈 기억들을 가진 사람들이 있다. 하지만 그런 경우라 하더라도 지나간 때의 아픔은 그것으로 족하다. 더 이상 자신 스스로를 비난해서 힘들게 하는 악순환을 허락해서는 안 된다.

희한하게도 많은 사람은 타인에게 무언가를 베푸는 일에는 익숙하다. 하지만 자신을 이해하고 토닥여 주는 데는 익숙하지가 않다. 이유는 우리는 눈을 통해 외부를 '관찰'하는 데 더 익숙해 있기 때문이다. 자신의 표정을 관찰하거나 무의식적인 삶의 모습들을 분석하는 것에는 상대적으로 취약하다고 할 수 있다. 타인을 이해하듯 나를 이해하고 격려해 나간다면 내 삶은 보다 따뜻하고 안락한 것이 될 수 있다.

다른 사람에게 용기가 필요하듯, 자신에게도 용기를 북돋울 필요가 있다. 충분히 '달라질 수 있다'고 말해줄 수 있어야 한다. 무엇보다, 자신에 대해 진솔함을 가질 필요가 있다. 자신이 되고자 하는 모습이나 이전의 다소 어수룩한 자신의 모습이 아니라, '현재' 자신의 모습이 무엇인지를 볼 수 있어야 한다. 그리고 그런 자신의 모습을 '인정'하는 것이 필요하다.

과거에 대한 용서가 필요할 때도 있다. 사람들은 흔히 그런 '용서의 자리'에서 눈물을 흘린다. 나에 대한, '나'를 용서하는 자리인 것이다. 꼭 누군가의 도움을 받지 않아도 좋다. 정갈하고 조용한 자신만의 시간과 장소가 확보된다면 자신을 용서하는 특별한 자리는 충분하다. 그걸로….

자신이 변화할 수 있다는 것을 인정하고 자신이 가진 특유의 장점을 계속 발전시켜 나간다면 내 안의 가치는 점점 커져 갈 것이다. 자신에 대한 자존감을 회복해 나가는 게 정말 중요한데… 그렇게 할 수 있는 제일 좋은 방법은 남을 사랑하는 마음을 가지는 것이다. 남에 대한 사랑을 품고 있는 자기 자신을 인지하게 되면 스스로도 자신을 자랑스러워하게 된다. 그렇게 자신에 대한 토닥토닥은 완성된다.

누구보다 자신의 필요와 적절한 위로를 정확하게 케어할 수 있는 사람은 바로 자기 자신이다. '자신에 대한 토크닥터'가 된 이후에 우린 비로소 다른 사람을 더 잘 도울 수 있는 훌륭한 '토닥임'을 전시할 수 있게 될 것이다.

소희의 생각

내면의 토닥임이 일어난 뒤에, 나 역시 다른 사람의 필요를 인지할 수 있게 되었다. 그리고 내가 울었듯, 다른 사람의 아픈 감정을 보듬을 수도 있었다. 그렇게 나는 점점 사랑이 되어갔다.

6

토닥토닥,
그래
그렇게 하는 거야

너 울리지 않기

어린 시절부터 들어온 이야기… "일단은 관계가 중요하니 웬만하면 참고 살아." 참고 살라고?! 주변에는 자기 목소리를 내지 못하고 속으로 끙끙 앓고 있는 사람이 꽤 많은 편이다. 정말 이렇게 살아야 하는 걸까? 그런데 정작 사람들을 힘들게 하는 것은 다른 곳에 있다. 바로 사람들 사이의 뒷담화이다. 이것만큼 영혼을 파괴하고 대인관계에 치명적인 적이 되게 하는 것도 없다.

사람들이 뒷담화를 하는 이유는 정서적 지지 때문이라고 한다. 뒷담화를 통해 이야깃거리를 만들고 서로를 지지하거나 위로하는 등의 자리를 만든다는 것이다. 흔히 이런 대화들의 결말은 자신의 정당성을 사람들에게 증명하고 다른 사람은 깎아내리는 형식으로 이어진다. 그리고 이런 이야기들은 조금은 과장된 형태로 입에서

입으로 전해진다. '남의 소문 이야기'는 이렇게 만들어진다.

'뒷담화' 때문에 울고 관계가 틀어지는 경우를 나는 여러 번 보았다. 어떤 경우엔 상대방과 친해지기 위해 이 뒷담화가 악용되는 때도 있는 것 같다. 자신의 인간관계를 위해 다른 사람의 인간관계를 위태롭게 하는 것이다. 이것은 매우 해롭다. 자신이 들은 '그대로'를 옮긴다고 생각하더라도 그건 실제 존재하는 것이 아닌, 자신이 들었다고 '생각'하고 있는 것을 전달하게 되는 것이다. 이건 일종의 고의성 없는 거짓말이다.

여러 사람의 입을 거치면서 동조하는 사람들이 생기면 누구 하나 왕따 시키는 것은 시간 문제이다. 뒷담화를 하는 사람들은 본성이 나쁜 사람은 아니라는 게 학자들의 연구 결과라고 한다. 오히려 무던하고 친사회적이며 사람들로부터 착하다고 소문난 사람들이 그런 뒷담화를 자신도 모르게 많이 한다는 것이다.

우리 역시 뒷담화를 만들어 다른 사람을 울리게 될 수도 있다. 반대로 뒷담화의 대상이 되어 울게 될 수도 있다. 어떤 경우이건 간에 그건 바람직한 모습은 아니다. 건강한 모습도 아니다. 그러니 그런 상황을 애초에 만들지 않는 게 가장 중요하다. 사람들에게 우정적인 태도를 보이면 뒷담화의 대상이 되는 것을 부분적으로는 피할 수 있다. 그리고 나 자신 역시 사람들 사이의 그런 소문 이야기들을 생산해 내는 사람이 되지 않도록 조심할 필요가 있다.

서로의 배려를 통해 건강한 관계는 만들어진다. 배려가 함께하는 사회… 바로 토크닥터가 꿈꾸는 사회이다.

소희의 생각

언젠가 나도 뒷담화의 희생자가 될 수 있다는 걸 깨닫는다면, 우린 다른 사람에 대해 이야기하는 일들에 조심스러움을 가지게 될 것이다. 함께하는 사회가 될수록 이런 문제들은 훨씬 더 많아질 것이다. 하지만 그와 함께 다른 사람을 배려하는 움직임도 커질 것이다. 세상엔 그늘진 곳만 있는 게 아니라, 밝고 상쾌한 곳도 있다는 걸 사람들이 알게 해야 한다.

너보다 빨리 걷지 않기

사랑은 그런 것이다. 가장 늦게 걷는 사람을 위해 보조를 맞춰 주는 것… 만약 보조를 맞춰 걸을 수 없다면 사람들은 쉽게 지치고 자신의 길에서 포기하게 될 수 있다. 그리고 외로움도 느끼게 될 것이다. 빨리 걸을 수 있는 사람은 느리게도 걸을 수 있다. 하지만 사정상 느린 것밖에 할 수 없는 사람은 빨리 걷는 사람을 따라갈 수가 없다. 여기에 바로 배려가 필요하다. 약자를 위한 배려 말이다.

사실 누구를 대놓고 깔보거나 무시하긴 쉽지 않다. 하지만 우리는 알지 못하는 사이에 다른 사람에게 무시당했다는 느낌을 주게 될 수도 있다. 바로 그들이 상처를 건드리는 방법으로 말이다. 그들이 천천히 걷고 있을 때 보란 듯이 그들 옆에서 뛰고 있다면, 그들은 무시당했다고 느낄 것이다.

어머니들은 아기를 기를 때 아기와 눈을 맞추곤 한다. 어머니의 사랑은 그런 방법으로 아기에게 전달된다. 우리도 같은 방법으로 보조를 맞추고 눈을 맞춰가며 사랑을 다른 사람에게 전달할 수 있다고 생각한다. 상대의 입장을 헤아리는 것, 이것이 바로 사랑의 기본 개념이다. 약한 사람이 강한 사람의 눈높이를 헤아릴 수는 없다. 왜냐하면 그럴 능력이 없기 때문이다.

교감과 소통을 위해서 가장 필요한 것은 '오픈 마인드'일 것이다. 마음을 열고 타인을 자신의 영역 안으로 받아들이는 것이 필요하다. 사실 그런 배려가 상대방의 마음도 열 수 있을 거라고 보장할 순 없다. 수영을 배우러 물에 들어간 사람이 물에서도 손잡이를 놓지 않는 것처럼 처음엔 거부 반응이나 이상한 시선을 보낼지도 모른다. 하지만 물의 흐름에 익숙해지면 두려움을 조금씩 덜어내는 것처럼 우리의 배려도 조금씩 그 성과를 보게 될 것이다.

우리는 살아가면서 다양한 사람을 만난다. 그리고 그 다양한 사람들에게는 그들 각자에 맞는 배려 방법이 있다. 너무나 어렵다고? 접근 방법은 의외로 간단하다. 바로 그들과 보조를 맞춰 함께 걷는 것이다. 먼저 걸어가거나 뛰어가기보다는 그들의 마음을 배려하는 것이다. 이것 하나만 지킬 수 있다면, 우린 사랑을 전시하는 일에 있어서 언제나 성공할 수 있다.

소희의 생각

우리 모두에겐 나름의 한계가 있다. 한 번도 깨뜨려 보지 못한 내면의 가이드라인이 있다. 그러고 보면 우리는 장애를 가지거나 병약한 사람과 별반 다르지 않다. 모든 한계는 상대적인 것이니까 말이다. 그냥 그들을 '다를 뿐' 우리와 동떨어진 '틀리'거나 비정상적인 상태에 있는 것이 아니다. 짧은 다리로 뒤뚱거리며 다니는 펭귄이 물속을 비행기처럼 날아다니듯, 그들에겐 자신의 역량을 펼칠 수 있는 나름의 시간과 장소가 있을지 모른다. 살아있는 우리 모두는 다름의 아름다움을 이해할 수 있어야 한다.

사랑이 사랑으로 남으려면…

언젠가 우연히 지하철에서 본 예쁜 커플…. 대학생 정도로 보이는 둘은 서로 하나인 것마냥 밀착해서 서로를 바라보며 어루만지고 있었다. 지하철에는 꽤 많은 사람들이 함께 있었지만 그 커플에게는 오로지 두 사람만 존재한다는 듯 보였다. 처음엔 살짝 민망하기도 했지만 다음 바로 든 생각은 '부럽다.'였다. 어쩜 나도 저들처럼 순수하게 사랑했던 적이 있었다는 풋풋한 마음으로 입가에 살짝 미소가 번졌다.

어릴적 나에게 '버터플라이 키스'를 해준다며 자신의 속눈썹으로 나의 볼을 간질간질 해주었던 그 사람이 생각났다. 그땐 나도 그랬다. 그 사람도 그랬다. 순수했고 그냥 사랑했다. 진정한 사랑은 순수함이 아닐까? 그런데 사랑이 아픔으로 변해 버린 기억 때문에 어쩜 우린 모두 겁쟁이가 되어버렸는지도 모르겠다.

지하철에서 본 순수한 커플은 그렇게 나를 지난 사랑의 아련한 기억 속으로 데리고 갔다. 인간의 가장 기본적인 욕구가 사랑받고 사랑하고자 하는 욕구이다. 그리고 사랑 없이 살아갈 수 없는 존재가 바로 인간이다.

사랑에 빠진 사람은 다른 사람이 되기도 한다. 말수가 적은 사람이 말이 많아지기도 하고, 걷는 걸 싫어하는 사람이 오랜 시간을 걸어 사랑하는 여자의 집에 데려다 주기도 한다. 그 이유는 사랑에 빠지는 경험이 절정에 이를 때 황홀한 경험 때문이다. 자기도 모르는 에너지가 나오기 때문이다. 그리고 두 사람은 영원할 거라 믿는다. 자신의 옆에 있는 그가 또는 그녀가 완벽한 이상형이라는 환상에 빠진다.

그러나 아쉽게도 사랑에 빠지는 감정이 영원히 지속되지 않는다는 것은 이미 명백히 드러난 사실이다. 그리고 현실로 돌아온 두 커플은 사랑이 어디로 갔는지 의아해한다. 그리고 사랑의 상실 때문에 이제 더 이상 행복하지 않다. 『5가지 사랑의 언어』라는 책에서 이런 이야기를 한다. "우리의 가장 기본적인 감정의 욕구는 사랑에 빠지는 것이 아니라, 본능이 아닌 이성과 선택에서 나온 사랑을 알고 서로 진정으로 사랑받는 것이다. 나는 내 안에서 사랑받을 무엇인가를 보고 나를 사랑하기로 선택하는 누군가에 의해 사랑받을 필요가 있다."

즉, 사랑도 노력과 훈련이 중요하다는 것이다. 사랑에 빠진 상태에서는 노력하지 않아도 사랑하는 에너지가 나오지만 그 황홀감이 사라진 후에도 서로 사랑하기로 결정하고 사랑하기로 노력하는 것. 그것이 진정한 사랑이다. 그래서 어떤 사람들은 사랑하는 사람에게 빠지는 것이 아니라 사랑이라는 감정에 빠지기도 한다고 한다.

사랑의 관계는 유리와도 같아서 한 번 깨지면 복구가 어렵다. 즉, 사랑할 때 사랑은 지켜야 한다. 순수한 사랑이 사랑으로 남기를 바라며 지하철 속 연인들을 바라보는 나는 오늘도 행복하다.

♡ 소희의 생각 ♡

사랑이라는 말보다 더 위대한 단어는 이 세상에 존재하지 않을 것이다. 사랑 때문에 사람들은 기꺼이 자신의 생명을 희생하기도 하고, 사랑이라는 이유로 온갖 고생을 마다하지 않는다. 사람을 사람답게 하는 것… 바로 '사랑'이다. 그리고 그 사랑을 지키기 위해 우리는 노력과 훈련을 해야 한다.

아픔 이해하기

다른 사람의 아픔을 이야기하려는 게 아니다. 나는 기본적으로 스스로에 대한 이해가 있어야 다른 사람도 도울 수 있다고 생각한다. 먼저 추스러야 할 사람은 다름 아닌 '자기 자신'이다.

내 주위에 공부를 정말 좋아하는 친구가 있다. 그는 신경정신학 박사와 한의학 박사 그리고 경영학 석사이기도 하다. 그의 공부는 끝이 없었다. 어느 봄날 친구가 맛있는 밥을 해준다고 나를 초대했다. 건강한 밥상에서 난 물었다. 무얼 위해 그렇게 공부하는지. 그의 대답은 예상 밖이었다. 대부분 공부를 할 때 성공이나 목표를 위해 한다. 그런데 친구의 대답은 자신의 아픔이 무엇인지 알고 싶어서 처음 공부를 시작했다는 것이다. 그날 처음 이야기를 깊이 나누었지만 그도 아픔이 있었다. 자신의 아픔을 이해하고자 시작한 공부가 그를 의사로 또 교수로 만들었다. 지금 그는 누구보다 훌륭한 의사이고 교수이다.

자신의 아픔을 이해한 그는 누구보다 파워풀한 내면을 가지고 있다. 꼭 신경정신학을 전공한 박사여서가 아니라 스스로 자신과 직면하고 이해했기 때문이 아닐까? 내가 상실의 아픔으로 힘들어 하던 시절 그의 이야기는 나에게 참으로 큰 힘이 되었다.

'자기 이해'라는 말이 있다. 마음속의 자기 자신을 직면하는 것이다. 내면의 나를 만나는 동안 사람들은 즐거움보다는 진지함과 슬픔을 경험한다. 물론, 환희나 기쁨을 경험하게 되기도 한다. '자신을 제대로 이해한다'는 말의 의미를 잘 이해하지 못하는 사람도 있다. 그냥 살아지면 살아지는 대로 사는 사람들이 많다 보니, 스스로에 대해 진지하게 생각하는 사람은 그다지 많지 않은 것 같다.

우리의 인간관계는 그냥 별스럽지 않게 이어질지 모른다. 별로 어려움을 못 느낄지도 모른다. 살아가는 데는 별 문제가 없다고 생각될 수 있다. 하지만 때때로 우리는 작은 내적인 부분 때문에 주변을 당황스럽게 하기도 한다. 내적인 트라우마나 상처에 대한 기억 기억들이 우리 자신을 다른 곳으로 가지 못하도록 한계 지을 때가 있다.

흔히들 이것을 '외상 후 스트레스 장애'라고 부른다. 다른 사람들은 이상하게 볼 수도 있는 이런 갑작스런 생각의 돌기들을 누구나 하나쯤은 가지고 있다. 사랑하는 사람의 죽음, 공포스러웠던 기억들, 어릴 적 경험한 충격적인 사건들, 성적 학대 등등. 사람에게 내상으로 남는 것들은 무수히 많다.

자신의 내면을 바로 알고 이것을 극복하려는 노력은 누구에게나 필요한 것 같다. 단지 자신에게 있는 문제가 무엇인지, 무엇 때문에 다른 사람과는 다른 별스러움을 가지게 되었는지를 단지 분석하는 것만으로도 큰 회복의 진전이 있다고 한다.

외부로부터 어려움이 닥쳤을 경우, 자신에 대한 이해가 부족하다면 감정에 사로잡혀서 상황을 직시하거나 냉정하게 보게 되기가 심히 힘들 수 있다. '자기 이해'가 잘 되어 있다면 이런 상황들을 보다 성숙하게 대처할 수 있게 된다. 자기 이해란 '내면을 이해하고 정리하는 것'이라고 할 수 있다. 정리가 잘 된 내면의 공간은 원하는 때 언제나 치료제를 꺼내어 쓸 수가 있다.

소크라테스가 '너 자신을 알라'고 말했던 것은 자신에 대한 이해가 사람에게 있어서 그 무엇보다 중요하다는 점을 드러낸 것이라고 할 수 있다. 자신을 알아가는 것은 세상을 알아가는 것이라고 누군가는 말했다. 우리 자신을 이해해 간다면 다른 사람들을 이해하고 필요를 돌보는 일에 더 효과적으로 대처할 수 있을 것이라고 나는 생각한다.

'자기 이해'의 '이해' 자체가 목적은 아니다. 이해를 바탕으로 발전하고 한계를 극복해 가는 것이 그 목적인 것이다. 보다 원숙하고 지적인 사람이 되어가는 중요한 과정이라고 할 수 있다.

소희의 생각

나는 최근 최면을 통해서 나 자신에 대한 많은 것들을 이해할 수 있었다. 하지만 꼭 스스로를 더 잘 알게 되기 위해 누구나 최면 요법을 받아들여야 하는 것은 아니다. 이건 그냥 하나의 방법일 뿐이다. 중요한 것은 가식적인 외적 '껍풀'이 아니라, 내면의 자아를 알아간다는 것이다. 자신을 이해하기 위해 기울이는 어떠한 노력도 나는 헛되지 않다고 생각한다. 자신을 알아가는 것은 타인을 배려하고 더 많이 사랑하기 위한 매우 중요한 토대를 마련하는 것이기 때문이다.

'토닥토닥'이 속삭이는 소리

– 소희의 희망

나 역시 감정이 오르락내리락할 때도 있고, 상황에 치여 주저앉아 울어야 할 때도 있었다. 각자 나름의 고민과 걱정을 안고 살아가고 있다. 인간이 가장 원하는 것은 뭐니 뭐니 해도 행복이라고 할 수 있다. 이 기본적인 진리를 부인할 사람은 아마도 없을 것이다. 단지 행복을 원하기만 해서는 안 된다. 기필코 모두는 살아있는 동안 행복해야 한다.

이 책을 통해서 여러 번 이미 말했지만, 행복은 우리 마음 안에 있다. 그렇기 때문에 자신을 이해하고 내부로부터 해답을 찾아나가야 하는 것이다. '토닥토닥' 역시 자기 자신에게서 제일 먼저 시작되어야 한다. 우리가 진실이라고 이전에 부르던 것들 가운데는 그것이 우리가 진실이라고 '믿고' 싶은 것들인 경우가 존재한다.

나에 대한 보다 실질적이면서도 진솔한 분석이 있어야 한다. 그래야 우리는 타인을 더 아름답고 합리적으로 도울 수가 있다. 우리는 나의 모습을 통해 다른 사람을 이해한다. 또한 타인을 통해 나를 더 잘 이해할 수 있게 된다. 이런 의미에서 보면 우리 모두는 연결되어 있다고 할 수 있다. 최근에 주목받고 있는 '양자 역학'에서도 바로 이 점을 지적하고 있다.

더 성숙하고, 더 아름답고, 더 인간다워지기 위해 우리는 '토닥토닥'을 필요로 한다. 토닥임은 우리 엄마를 통해서 전해졌고, 그 이전에는 수많은 선각자나 생각 있는 사람에 의해 전달되었다. 우리는 '토닥임'이 사랑이라는 것을 알고 있다. 토닥임은 또한 격려이다. 격려를 통해 사람은 더 많이 발전하고 끝없는 꿈을 향해 거침없이 나아간다.

우리는 우리가 가진 사랑으로 얼마든지 세상을 바꿀 수 있다. 그리고 이것은 '토크닥터'의 바람이기도 하다. 우리가 살고 있는 공간을 더 따뜻하고 행복한 공간으로 만드는 것이다. 나는 그것이 가능하다고 굳게 믿고 있다.

그러기 위해 우선 선행되어야 할 일이 있다. 바로 이 글을 읽고 있는 당신이 행복해지는 일이다. "그 행복의 끝은 바로 자유다. 진정 당신다운 자유와 행복을 찾는 삶의 여정이 되길…." 나의 바람은 그렇게 이어지고 있다.

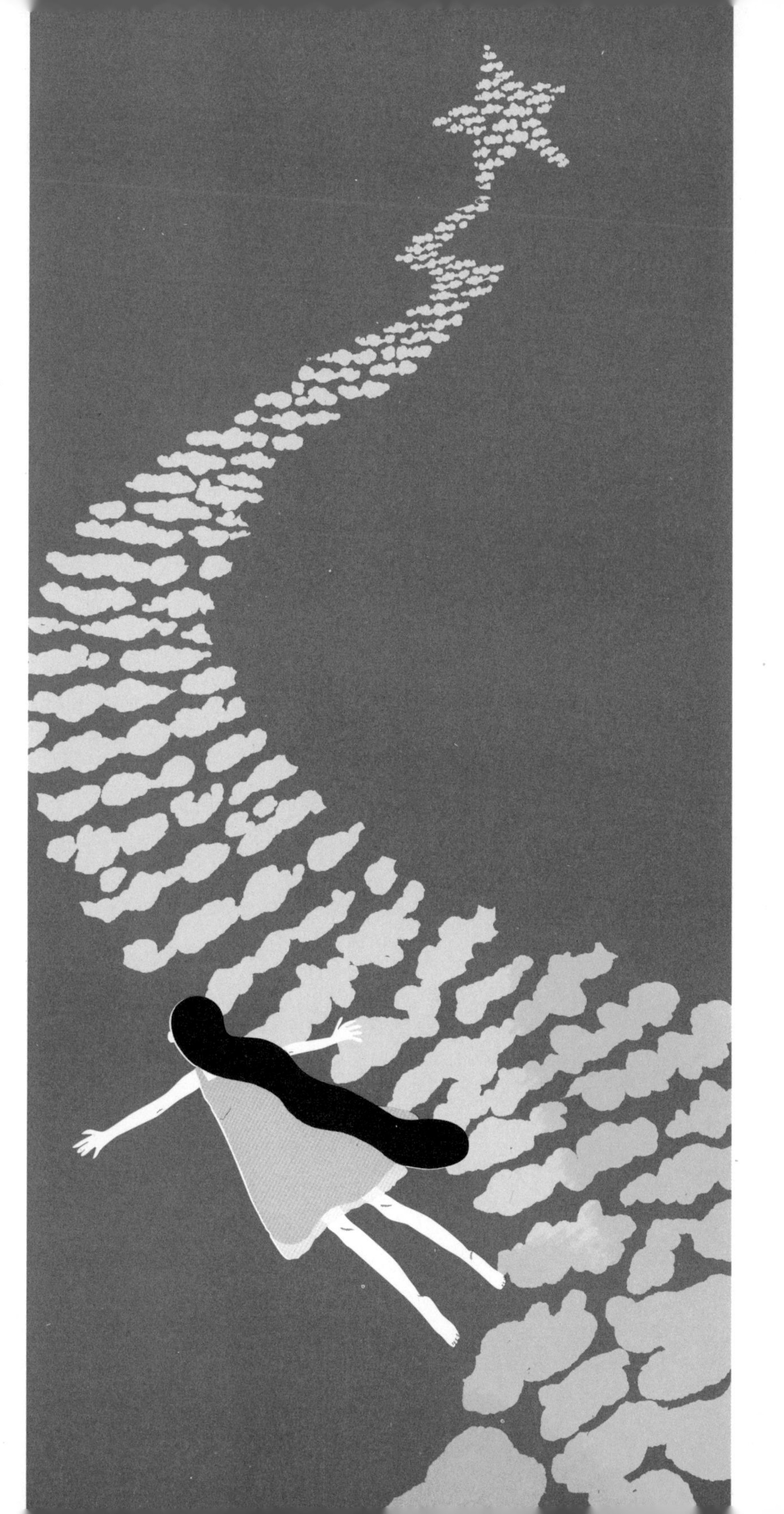

이 책을 읽는 독자들의 삶에 행복에너지 샘솟는, 기쁨 가득한 날만 있으시기를 기원드립니다!

– 권선복(도서출판 행복에너지 대표이사,
대통령직속 지역발전위원회 문화복지 전문위원)

곰곰이 지난날을 되돌아보시기 바랍니다. 지금까지 살아오시며 행복한 날이 더 많았을까요, 힘겨운 날이 더 많았을까요. 근래 세상살이가 제법 힘겨운 탓인지, 아마도 이러한 질문을 받는다면 힘든 날이 더 많았다고 대답하는 사람이 적지 않을 것입니다. 그렇습니다. 삶은 늘 우리에게 고난과 역경을 안겨주기 마련입니다. 늘 행복과 성공을 향해 나아가지만 그 길에 우리가 흘려야 할 눈물이 얼마큼인지 짐작할 수도 없습니다. 그래도 주변을 살펴보면 타인의 행복을 위해 희망과 격려의 메시지를 전하는 분들이 항상 존재한다는 사실에 마음이 놓이곤 합니다.

한국토닥토닥연구소의 김소희 소장님 역시 그러한 분입니다. 아픈 가슴 끌어안고 살아가는 이들에게 '토닥토닥' 작지만 한없이 따스한 온기와 위로를 전해온 그녀는 이번에 책『내 마음 안아주기』를 통해 온 국민의 가슴에 행복의 기운을 전하려 합니다. 책은 순간순간 찾아오는 삶의 고비들을 어떻게 넘겨야 하는가를, 자신의 경험을 토대로 한 노하우를 통해 풀어내고 있습니다. 이미 강의의 달인인 만큼 책 내용들 역시 바로 곁에서 애정과 진심을 담아 전하는 조언처럼 친근하고 상냥합니다. 하지만 늘 당차고 자신감이 넘치고 미소를 잃지 않는 저자 또한 남다른 아픔을 간직하고 살아왔음을 이 책을 통해 고백하고 있습니다. 타인의 아픔을 달래고 용기를 전하기 위해, 쉽지 않은 일임에도 용기를 내어준 저자에게 큰 응원의 박수를 보내드립니다.

세상에는 아프고 먹먹한 마음을 남에게 드러내지 않은 채 그냥 끌어안고만 살아가는 사람들이 많습니다. 그 상처가 많은 가슴을 이제는 포근히 안아주는 건 어떨까요. 책『내 마음 안아주기』가 힘겨운 하루하루를 보내는 현대인들의 삶에 포근한 온기를 전해주기를 바라오며, 이 책을 읽는 모든 독자 여러분들의 삶에 행복과 긍정의 에너지가 팡팡팡 샘솟으시기를 기원드립니다.

함께 보면 좋은 책들

성공하고 싶은 여자, 결혼하고 싶은 여자

김나위 지음 | 값 13,800원

현재 조직성장, 인재양성, 라이프 컨설팅 전문가로 활동 중인 김나위 소장의 책 『성공하고 싶은 여자, 결혼하고 싶은 여자』는 이제 막 사회에 발을 들여놓은 2, 30대 여성은 물론 지금까지의 인생을 돌아보고 앞으로의 삶에 새로운 활력을 불어넣을 계기를 찾고 있는 4, 50대 여성들까지 꼭 한 번은 유심히 읽어봐야 할 내용들을 담아냈다.

사람이 행복이다

최세규 지음 | 값 13,800원

책 『사람이 행복이다』는 총 26장으로 구성되어 저자 최세규, 그가 걸었던 인생길의 곳곳을 담담하게 보여주고 있다. 그것은 한 개인의 역사에 머물 수 있으나 그가 건네는 인생길을 천천히 더듬어 가다 보면 그곳에 저자가 열망하고 행복을 느끼고 성공을 보는 사람의 아름다운 기운을 감지할 수 있을 것이다.

눈부신 희망

이건수 지음 | 값 15,000원

182 실종아동찾기센터 '이건수 추적팀장'은 평생 실종자를 찾기 위해 모든 열정과 에너지를 쏟아 온 참된 경찰관으로 평가받는다. 그의 책 『눈부신 희망』 역시 실종자 가족들에게 마음의 평온과 희망을 전달하기 위해 저자가 평소 가졌던 생각들과 신앙에 대한 이야기들을 담아냈다.

대학생이 바라본 파워리더 국회의원 33인

권선복 지음 | 값 20,000원

책 『대학생이 바라본 파워리더 국회의원 33인』은 대학생과의 인터뷰를 통해 열심히 의정활동을 펼치고 있는 국회의원 33인의 숨겨진 이야기, 생생히 다가오는 그들의 진솔한 삶과 열정을 담아 낸 책이다. 우리 청년들과 국회의원들의 작은 만남으로 엮은 이 한 권의 책이, 온 국민의 행복한 삶을 이룩할 작은 씨앗이 되어 줄 것이다.

함께 보면 좋은 책들

중국 사회 각 계층 분석

양효성 지음, 이성권 번역 | 값 27,000원

"한중 수교 20여 년, 우리는 과연 중국에 대해 얼마나 깊이 알고 있는가?" 중국의 발자크라 불리는, 중국 최고의 知靑 양효성의 10년에 걸친 역작! 이 책은 모택동 사후 시기의 중국(中國) 사회를 가장 심층적으로 분석하고 있다. 인문학적 시각으로 들여다본 중국사회에 대한 깊은 연구는 대한민국의 성장과 밝은 미래를 위한 하나의 전환점을 제시하고 있다.

제안왕의 비밀

김정진 지음 | 값 15,000원

『제안왕의 비밀』은 대한민국을 대표하는 14인의 제안왕 이야기를 담아내고 있다. 자신의 삶은 물론 몸담고 있는 조직까지 변화시키는 제안의 놀라운 비밀을 이야기한다. 제안 하나로 청소부, 경비원, 기능공에서 대기업 임원, 교수, CEO로 등극하는 드라마 같은 인생이 펼쳐진다. 또한 제안왕이 되기 위해 반드시 숙지해야 할 십계명과 비결 등을 공개한다.

그대, 늦었다고 걱정 말아요

감민철 지음 | 값 13,800원

『그대, 늦었다고 걱정 말아요』는 바로 이렇게 힘겨운 시기를 보내고 있는 젊은이들에게 따뜻한 위로의 메시지를 전하는 책이다. 현재 주어진 암울한 환경이 아닌, 어려움을 통해 더욱 성장하게 될 미래의 자신을 바라보라고 주문한다. 우리가 늘 부정적으로만 여겼던 고난의 진정한 의미는 과연 무엇일까? 지금 이 책에서 그 해답을 확인해보자.

주인공 빅뱅

이원희 지음 | 값 13,800원

세상의 기준은 상대평가에 따르기 때문에 항상 서로를 비교하게끔 만든다. 그 과정에서 우리는 우월감과 열등감을 오가며 천국과 지옥을 경험하곤 한다. 하지만 『주인공 빅뱅』은 그러한 악순환에서 벗어나 자기 자신이 평가의 기준이 될 것을 권한다. 스스로가 객관적으로 자기 자신을 평가함으로써 정서적 · 지적 · 영적 · 인격적 성장을 이룰 필요에 대해 강변한다.

압둘라와의 일주일

서상우 지음 | 값 12,500원

『압둘라와의 일주일』은 누구나 한번쯤은 고민해봤을 본질적인 인생의 문제들을 풀어나가고 있는 책이다. 특히 '압둘라'라는 인물을 통해 어려운 고민들에 명쾌하게 답하는 형식을 취하고 있는 점이 흥미롭다. 아무리 상처받고 버림받는 아픔을 경험했을지라도 이 세상에 소중하지 않은 사람은 없다. 그렇기에 이 책의 주인공은 당신이라고 저자는 이야기한다.

제4차 일자리 혁명

박병윤 지음 | 값 15,000원

JBS일자리방송의 박병윤 회장이 전하는, '일자리 혁명을 통해 선진국으로 도약할 대한민국의 청사진'을 담은 책이다. 현재 대한민국의 일자리 문제가 현 정부에서 추진하는 창조경제 정책이 올바로 시행되지 않고 있음에서 그 원인을 찾고 '방통융합 활용 일자리창출 콘텐츠'의 실행을 통해 일자리 혁명을 일으켜 해결책을 찾을 것을 제안하고 있다.

금융회사의 내부통제

김양권 지음 | 값 25,000원

선진은행들은 우리나라보다 더한 성과주의 문화 속에 살고 있지만 그들의 금융사고는 우리보다 훨씬 적다고 한다. 이 책은 그 이유는 무엇인지를 세심히 살펴보고, 오랫동안 선진국의 금융관행을 보고 배웠음에도 우리 금융회사들이 놓치고 있는 것에 대해 제시한다.

나의 살던 고향은

강순교 지음 | 값 15,000원

연어처럼 삶을 다하기 전에 거세고 잔인한 현실의 물살을 거슬러 고향과 고국을 찾아온 저자의 인생사는 그 자체만으로도 충분히 감동적이다. 그래서 이 책은 한 개인의 위대한 역사일 뿐 아니라 궁극적으로 통일이 되어야 할 이유를 독자들의 가슴에 깊이 새겨주고 있다.